お前ら早く結婚しろよっ! 1
そう言われてる女子が3人いるんですけど?

優汰

MF文庫J

口絵・本文イラスト●まるろ

お前ら早く結婚しろよっ！
～そう言われてる女子が3人いるんですけど？～
1
優汰
Yuta
イラスト
まるろ
Maruro

舞《まい》原《はら》楓《かえで》
バイト先で妙に俺に懐く
からかい上手のヒロイン
竹《たけ》内《うち》柚《ゆず》璃《り》
クラスの心優しき
超王道の天使系ヒロイン

You guys should get married soon!

I have three girls who have been told so.

山《やま》下《した》胡桃《くるみ》
俺にだけツンデレな男嫌いの
氷属性幼なじみヒロイン

みんなでラブジェンガ

田《た》中《なか》莉《り》太《た》
主人公。こっそり書いている
WEB小説の感想欄に投稿された
告白文の相手を探すことに。

田中《たなか》恵麻《えま》
莉太の妹。莉太とヒロインたちの恋愛模様をこっそりと(?)見守る。

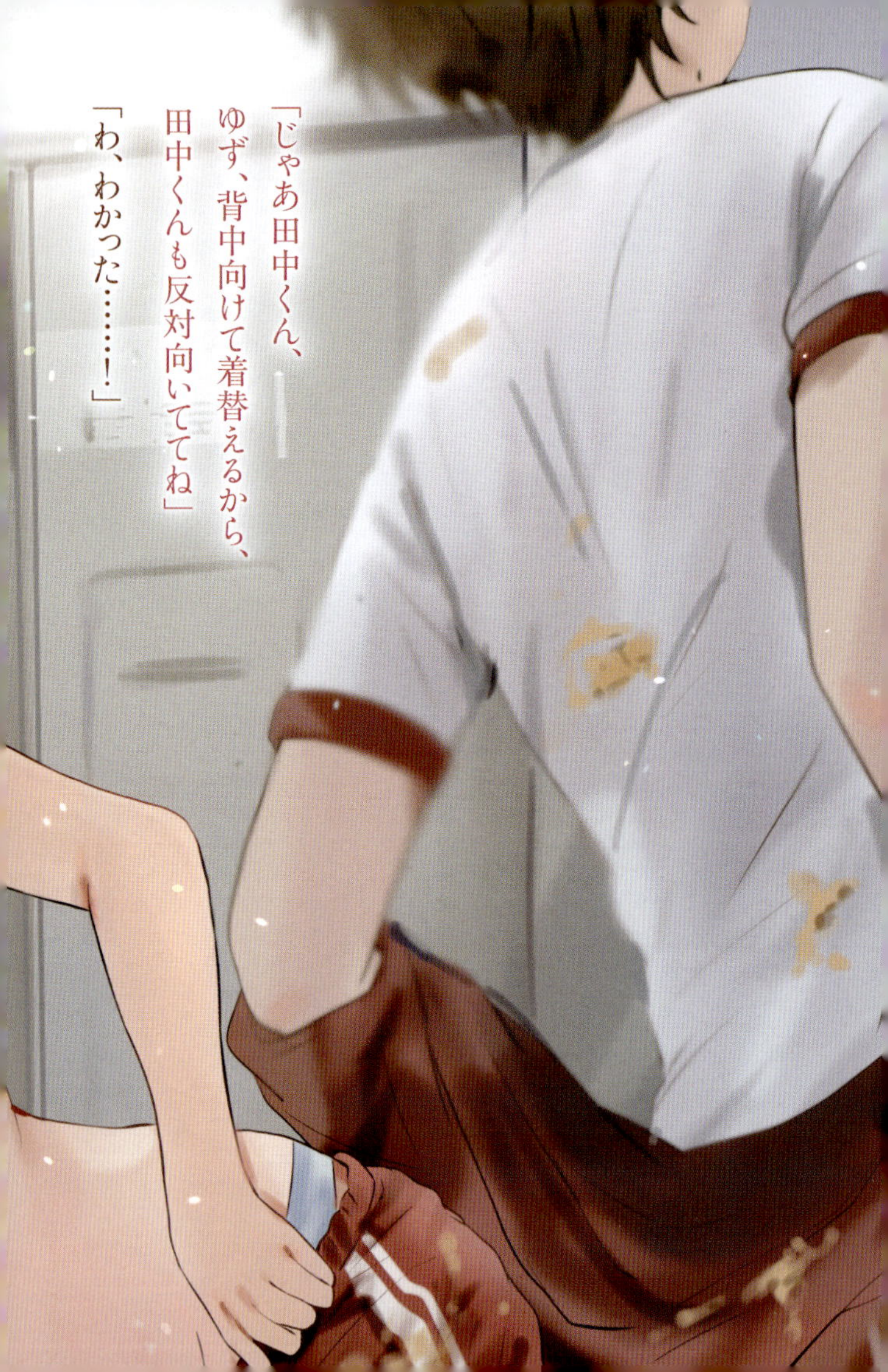
「じゃあ田中くん、ゆず、背中向けて着替えるから、田中くんも反対向いててね」
「わ、わかった……！」

莉太は言われた通り、
すぐ柚璃に背を向けた。

柚璃も同じように、背中を向ける。

「じゃあ、着替えるね……」

「う、うん……」

Contents

YOU GUYS SHOULD GET MARRIED SOON!
I have three girls who have been told so.

プロローグ 「もう自分で書いちゃったよね、ラブコメ」

ラブコメが好き。

なんで好きか——？

甘酸《あまず》っぱい恋愛模様のドキドキ感とか、複数のヒロインの間で揺れる葛藤や背徳感とか、学生等身大のほろ苦い青春の味とか——

——そういうんじゃなくて、ただリアルで恋愛に縁がないからです。はい。

いかんせん根っから陰キャオタクのボッチだもんで、男としての格もスペックも、女の子と恋愛できるようなレベルじゃない故、もう仕方ないのだ。

そりゃあ俺だって女の子に恋したことくらいある。でもダメだったなぁ。なんかこう、その手の一般常識とか空気感がよくわかんなくて、あ、もう思い出したくないのでやめますねー。

……その結果が、彼女いない歴＝年齢（現在進行形）という。

でも男だもん、俺。やっぱ女の子とのそういうのとか、考えちゃうよね。

空から女の子が降ってこないかなとか、美少女と同居したいなとか、五つ子ちゃんの家庭教師やりたいなとか、ロシア語でデレられても俺ロシア語わかんないしなぁとか、あとは、えー、なに、天使様にダメ人間にされる以前に、こんなことばっか考えてる時点で俺って色々ダメな人間だなぁとか？　うるせえよ。

でもそんな夢みたいなこと、現実で起こりうるわけがなくて。

改めて、ラブコメがなんで好きか――。

――憧れだからだ。

つまり俺にとってラブコメは、このつまらないリアルを忘れるための代替品的なものでもあるわけで。

で、その趣味が高じた結果どうなったかというと……。


『今日の最新話も面白かったよ。みかん氏』


ベッドに横になってぼーっとしていると、通知でスマホの画面が光った。

顔も名前も、住んでいる場所も知らないネットの友達《ともだち》、〈飴《あめ》ちゃん〉からDMが届いた。

きっと、〈みかん氏〉こと俺が投稿したウェブ小説の最新話のことだ。

……もう自分で書いちゃったよね、ラブコメ。行くとこまで行っちゃったよね。

飴ちゃんはその小説の読者のうちの一人。俺の小説を特に初期から応援してくれている数少ない読者だ。まあフォロワー十五人しかいないんだけどさ……。

『ありがとう』

俺がそうレスをすると、すぐに返信が来る。

『みかん氏のラブコメ、ヒロイン可愛《かわい》いよね。すごくドキドキするし』

『全然、素人の書いた小説だって』

『それはやっぱり、リアルでも恋愛とかしてたりするからだったり？』

答えは否。確かに俺の小説の主人公はハーレムの渦中で絶賛大フィーバー状態だが、現実の俺はさっき言った通りそのド対極を行く超非リア。この小説は俺の妄想。そして理想だ。……ま、まあ？　多少知り合いの女の子をモチーフにしているところは否めないけど？　そんなこと言えないしな……。

とにかくにも返信だ。

『いや、全然。学校じゃ友達も彼女もいないボッチだから。こんなことがあったらなぁ、みたいな、ただの夢物語だよ』

『そう？　ホントに？』

『ホントホント』

『仲良《い》い女の子とかいないの？　その子と恋に発展したりとか、あるかもよ。夢物語も夢じゃない！』

夢物語も夢じゃない……そうだろうか？

小説のモチーフにした自分の身近にいる女の子のことを思い浮かべる。が、その子達《たち》とは、とても自分のような陰キャオタクが恋愛関係になれるとは思えなかった。

『ないよ。ありえない』

このまま自分のことを詮索され続けても自分がいかに小物なのかが無駄に露呈するだけなので、『小説の続き書く』とだけ送り残し、逃げるように飴《あめ》ちゃんとやり取りしていたSNSのタスクを切って、いつも自分が使っている小説投稿サイトに飛んで文字通り現実逃避する。

……俺だってできるなら、現実で女の子とラブコメしたいけどね。

でもありえない。今までずっとそうだったんだから。これからもそんなこと、あるわけない。

心でひっそり呟《つぶや》き、いつものように自分のアカウントにログインしてマイページを開く。

そこで俺は、画面右端のベルマークに赤いポチが付いていることに気づく。俺の小説に感想が投稿された通知だ。

「感想……なんて書いてくれてんだろ。批判じゃないといいけど」

通知に導かれるように、コメントページにジャンプする。

——全ては、そこから始まったのだ。

『田中莉太《たなかりた》くんへ

あなたのことがずっと前から好きでした。

「お前ら早く結婚しろよ」と言われたこと、これから本当にしませんか？』

……………な、ななな、なんじゃごりゃぁぁぁぁぁぁッ!!

目を擦《こす》って文章をもう一度よく読んだ。だが何度読んでも、どう見ても、そこには小説作者のみかん宛ではなく、リアルの俺――田中莉太宛の告白文が綴《つづ》られていた。

「こ、こんなの、誰が……」

だがユーザーネームには『C』と一文字あるだけ。送り主の名前はわからない。

ただ文の通りなら、相手は俺と二人で誰かに『お前ら早く結婚しろよ』と、さもお似合いのカップルのように囃《はや》し立《た》てられた女子だということになる。

俺には心当たりが――三人もいた。

言い忘れていた。

これは、ラブコメが大好きなだけのただのオタクの俺が、奇《く》しくも、まるでラブコメのような展開に振り回される一連の騒動の話である。

さてまずは、ボッチであるはずの俺と、ある三人の女の子が『お前ら早く結婚しろよ』

と茶化《ちやか》されてしまうまでを遡って話そう。

1話　「一人より二人の方が楽しいでしょっ！」

放課後、夕暮れの橙《だいだい》が淡く滲《にじ》む教室。俺と金髪美少女の二人だけの静謐《せいひつ》たる空間には、壁掛け時計のかそけき秒針の音だけが、やけに焦《じ》れったく一律に響いている。

「私、ずっと前から田中《たなか》くんのことが好きでした！　私と付き合ってください！」

瞬間、開いた窓から風が吹き込み、カーテンを翻《ひるがえ》し、美少女の絹のような金の長髪を涼しく靡《なび》かせ、俺の頬《ほお》を冷ますように撫《な》でた。

風が凪《な》いで、俺は答えを口にする。

「──俺も、ずっと前から好きだった……！」

「嬉《うれ》しい、お兄ちゃん……！」

美少女は俺の返事に涙を溢《あふ》れさせ、駆け出して俺の胸に飛び込んだ。

「はは、俺も嬉しいよ。これからはずっと一緒さ。…………お兄ちゃん？」

「お兄ちゃん！」

「え、ううん、俺、キミのお兄ちゃんじゃないよ」

「お兄ちゃん！」

ペロッ。美少女は俺の頬を舐《な》めた。

「え、ちょっ、は？　あはは……擽《くすぐ》ったいなぁ……は？　なんで舐めた？」

「お兄ちゃん！」

ペロッ。ペロッ。……ベロベロベロォッ!!

「はは……そ、そっか、これがキミなりの愛情表現的なあれなんだね。……臭いッ！　臭いよッ！　は!?　くっさなにこれくっさ！　獣臭ッ！　臭い臭い臭いッ！」

ベロベロベロベロベロベロベロベロベロベロォッ!!

「あぁぁぁぁぁぁぁぁぁぁぁぁぁあッッッ!!!!!!」

◇

「お兄ちゃんってば！」

目を開けると、俺んちで飼っているポメチワのメグ（三歳♀、アホ）が俺の顔中をチロチロ舐《な》め回していた。ゆ、夢か。あと少しで金髪ヒロイン嫌いになってた。

「もう、やっと起きた！　ほらメグ、よし」

そして俺のベッドの傍《かたわ》らにはショートカットの女の子、恵麻《えま》。一つ歳下《としした》の妹だ。

恵麻がメグに指示すると、メグは満足気に、仰向《あおむ》け状態の俺の胸の上で伏せをして、偉そうに俺を見下ろした。なんか、スフィンクスみたい。

「おはよう、お兄ちゃん」

「恵麻……いい加減メグに顔舐めさせて起こすのやめてよ……」

「だって、そうしないとお兄ちゃん起きないじゃん。ね～、メグ♪」

メグは呑気《のんき》にあくびをするが、恵麻はそんなメグの白い毛でモフモフした背中に「かちこいねぇ～♡」と頬擦《ほおず》りをする。俺、自分の腹の上で何を見せられてんの？

俺はメグを抱えて上半身を起こし、ついメグに釣られてあくびをした。

「もう、お兄ちゃん髪ボサボサだよ？　お風呂の後ちゃんと乾かして寝ないと。お兄ちゃんくせっ毛酷《ひど》いんだから」

「うぅ、や、やめてよ……」

恵麻は朝なのにぱっちりした目を困ったように細め、俺のはねた髪を押さえつけるようにくしくしと撫《な》でてきた。妹に撫でられる兄。俺ってペットと同列なのかな。

恵麻は気が済むと、ぽふりとメグを抱き上げ、その場から立ち上がる。

「お母さんがご飯冷めたって怒ってるよ。それと、寝癖は直して学校行くこと」

「わかったよ……」

◇

九月は夏だと思う今日この頃。暑い。もう下旬だというのに、この調子でホントに秋は来るのだろうか。その上自転車登校＋激坂のコンボのせいで学校に着く頃にはいつも汗だくだ。マジ、毎日弱虫ペ〇ル。

そうして今日も今日とて、俺の属す魚住高校《うおずみこうこう》の一年三組に到着。

……はぁ、憂鬱だ。

まず、教室に入る瞬間が嫌いだ。入室した途端に視線が俺に集まり、衆目は田中《たなか》を認識すると、『なんだ、田中か』と、何事も無かったかのように散っていく。俺なんてこの教室に居ても居なくても一緒なのに、俺の気配のせいで数秒みんなに『田中を認識する時間』が生まれてしまうのがなんとも忍びない。

教室中心にある自分の席へ着席し、リュックを肩から机横にかけ、ふう。

――そして虚無である。

あ、はい。見ての通り、ボッチです。ラブコメじゃ重宝される平凡な男子高校生の日常なんて、現実じゃこんなもんですよ。いや、なんなら想定よりやや下振れしてるな、俺の高校生活。こんなはずじゃなかったんだけどな。まあ、いいし別に。俺ネットにフォロワー十五人いるし。クラスの半分くらいよ？　ええすげえ俺。

自画自賛にも虚《むな》しくなり、俺は時計を気にする。現在午前八時十分。あと七時間強もこの教室に幽閉されっぱなしという事実に、俺は気が狂いそうだった。この時間も嫌い。何もすることないし。

仕方ないから昨日投稿した小説の最新話のＰＶ数でも眺めてようと、俺はスマホを開いた。お、昨日から二人も読者が増えてる！　……二人だけかぁ。

——その時だった。

「……田中くん、何してるの？」

ドッキーンッッッ!!!!!!

不意に無邪気《むじゃき》な声が耳朶《じだ》に触れ、慌ててスマホを隠す。振り返れば、ミディアムくらいの髪がフワフワした可愛《かわい》らしい女の子が、……いちご味のポッキーを食べていらっしゃった。

「た、竹内《たけうち》さん!?」

「えへへ〜、おはよっ！」

「おは……おは……おはよう！」

思わず言葉の真似《まね》が下手なオウムみたいな挨拶を返してしまった。

彼女は同じクラスの竹内柚璃《ゆずり》さん。クラスの中でも可愛いとみんなから人気の女子だ。

ラブコメで言うところの超王道、天使系ヒロインをこのクラスで譬《たと》えるなら、彼女がそう。

このクラスにおける男子人気ナンバーワンの美少女であり、男女分け隔てなくみんなと仲が良く、ご覧の通り、俺みたいなボッチにも構ってくれるまさにうちのクラスの天使だ。くりくりの瞳、小さくて柔らかそうな唇、目に入る全てが愛らしい。

対し、モブ・オブ・ザ・モブの称号を恣《ほしいまま》にする俺、超しどろもどろ。

竹内《たけうち》さんがなぜ朝から俺に……？

「……た、たた、竹内さんこそ、どうしたの？」

「ん、そうそう！」

竹内さんは俺の一つ前の席に腰掛け、ポッキーを魔法のステッキみたいにくるくるさせて答えてくれた。

「えと、あのね！　今日のお昼の委員会のお仕事のことなんだけどね！」

知ってました。知ってて今ラブコメ主人公みたいな反応してみました。

竹内さんの魔法にまんまとかかり、俺が竹内さんの一挙一動でドギマギま○かマギカしている最中、魔法少女竹内さんはなんだか一生懸命お口をパクパクさせて委員会のことについて説明してくれている。

俺と竹内さんは同じ委員会に属している。今日は別クラスの委員がとある仕事を担当していたものの、予定ができたとかで俺達《たち》にお鉢が回ってきたらしい。なんでも、竹内さんが代わってあげたとのこと。優しいなぁ。

「ってことなの！　ごめんね、ゆずが勝手に引き受けちゃったせいで……」

「い、いや全然！　昼休みだっけ、わかった……！」

すると竹内さんは、少し赤らんだ頰《ほお》をしてポッキーを俺に突き出した。

「……はいっ、あげるっ！」

「え、いいの……？」

「うんっ、食べてっ！　お礼？　お詫《わ》び？　そんな感じ」

「あ、いやそんな、お礼されるほどじゃないよ！　仕事だし……！」

「いいからいいから♪」

逡巡《しゆんじゆん》していると、竹内さんは「あーん♪」とポッキーの先っぽを俺の口元にやった。

「じゃあ、まあ……」

……ポリッ。

そのまま一本引き取って、咀嚼《そしやく》しつつ伏し目がちに竹内さんの様子を窺《うかが》うと、ピタリと目が合い、竹内さんは微笑《ほほえ》みかけてくれた。

「美味《おい》しい？　ゆずね、最近ポッキーハマってるの！」

「そ、そうなんだ！　美味しいよ……！」

いやホント美味しいです。味も、展開的にも。

「ゆずりん～？　あ、ごめん邪魔した？」

教室の向こうで竹内さんを呼ぶ声がした。どうやら俺如《ごと》きが竹内さんと一緒にいる時間にはリミットがあるようだ。仕方ない。人気者は引っ張りだこだ。

「あぁ、ごめん田中《たなか》くん、ゆず行かなきゃ……」

「あ、うん！　気にしないで！　ポッキーありがとう！」

「うん！　それじゃ！」

　てててー、と、あっさり竹内《たけうち》さんは俺の元から去る。竹内さんは友達《ともだち》の輪に合流すると、

「もう！」となんだか怒って、ポコっと友達の肩に猫パンチした。可愛《かわい》い。

「ごめんって……。ていうかゆずりん、またお菓子食べてるの？　ゆずりんってホント、いっつもなんか頬張《ほおば》ってるよね。リスかよって」

「……ゆずってそんな出っ歯かな？」

「そういう意味で言ったんでなくて……小動物みたいで可愛いってことよ」

「ええ～、ゆず可愛いより美人がいいかな」

「それはお菓子ばっかり食べてるようじゃ無理かな？」

「な、なんでお菓子食べてると美人無理なの……？」

「はいはい、そのド天然も直そうねぇ」

　次第に竹内さんを中心にした輪が大きくなる。そこには男子の姿もチラホラ。

「あ、竹内～、俺にも一本くれよ」

「竹内、また食ってんのかよ（笑）」

める。
友達《ともだち》に慕われ、ポッキーを俺以外の男子にも分けてあげる竹内《たけうち》さんの姿を遠巻きに見つ
いるよな〜、ボッチにも優しい人って。みんなに慈悲深い。まさに天使だ。
……と、この時はそれだけだと思っていた。

◇

竹内さんとの出会いは、入学して間もない頃の委員を決めるHRの時間だった。

クラス委員、体育委員、文化委員、風紀委員など、続々メンバーが決まっていく中、〈ボランティア委員〉という委員だけ一向に立候補が出なかった。

ボランティア委員。校内外の美化活動や生徒会活動の補佐、それから行事の度に雑用を担ったり、学校を背負って地域に飛び出しイベントの企画や運営までやる、まるで都合の良《い》い便利屋のような、他の委員の比じゃないほど面倒《めんどう》な委員だ。

「立候補、出ませんでしたらくじ引きで決めますが」

入学したばかりで堅苦しさの残る教室で、担任の女教師の村上《むらかみ》先生が痺《しび》れを切らしていた。

俺は関係ない。そう思っていたのに、先生の一言で使命感に駆られた。

ここで誰も委員に立候補しなければ、やりたくない誰かが無理やり委員に就かされるこ

とになる。誰でもないその人のことを考えると、胸が苦しくなった。

小さい頃からそうなのだ。自分に関係なくても、芸能人の訃報やスキャンダルを見てしまうと二日ぐらい体調を崩したり、困っている人を見ると自分がその立場になった時のことを考えて不安になったりしてしまう。

綺麗事《きれいごと》のように思われるのでそういう体質であることを人に言ったことはないが、とにかく今のこの状況を、俺は性格上他人事《ひとごと》のようにとても思えなかった。

「……もしかして、やってくれますか? 田中《たなか》くん」

気づけば俺は、手を挙げていた。

そしてあっという間に俺の名前が黒板に。正直無駄な気遣いだよなと、決まったそばから後悔していた。……だけど、

「あとは女子ですが、女子ももしこのまま決まらないのであれば――」

「はい、やります!」

その時、陰鬱な空気を切り裂く真《ま》っ直《す》ぐな手を挙げたのが竹内さんだった。

それが、竹内さんという天使を知った日。

竹内さんはその頃から既に人気者で、いつもみんなの輪の中心にいた。

そんな女の子と、同じ委員。

めちゃくちゃ期待した。遂《つい》に俺にも青春が訪れたと思った。

でも俺はその後から知っていく。竹内《たけうち》さんは優しい女の子なのだと。彼女を知れば知るほど、同じ委員になった程度で自分だけ特別だなんて思わなくなった。

物語は物語、現実は現実。書く人間だからこそ、その辺は弁《わきま》えている。

でも……。

「田中《たなか》くんっ！」

「は、はい！」

どうしても、竹内さんに話しかけられると浮かれてしまう……！

約束の昼休み。ボランティア委員の活動の一つである中庭での花壇の水やりへ向かう途中、後ろから竹内さんが声をかけてきた。

「もう！　せっかく同じ委員なのに先に行っちゃうことないじゃん……」

「ご、ごめん！　竹内さん、友達《ともだち》と話してたから邪魔しちゃ悪いと思って……」

「そんな風に思わないよ！　次から声かけて！　それかゆずが声かける！」

「う、うん。ありがと」

嫌な仕事のことなのに、竹内さんは苦じゃなさそうに言う。ホントいい子だなぁ。

中庭に出て、倉庫からジョウロを持って来て水を汲《く》む。俺達《たち》はいつも、横に長い花壇を向かい合って西から一緒に水やりをする。

「この前も言ったけど、別にわざわざ俺と二人でやらなくてもいいのに。日替わり交代で手分けしようか？」

ボランティア委員の水やりはクラスごとに順番が回ってくる。大概はクラスの二人でも交代制を採用しているところが多いようだけど、竹内さんはこうしていつも三組が当番の時、二人で一緒に水やりをしてくれる。

「いいんだって！　一人より二人の方が楽しいでしょっ！」

て、天使だ。

竹内さんのあまりの聖人度合いに呆気《あっけ》に取られていると、返事待ちの竹内さんが不安そうに俺を見る。

「あ……もしかしてゆずと一緒に水やりするの、嫌……？」

「そ、そういうわけじゃないよ！　むしろご褒……ゴホンゴホン。う、嬉《うれ》しいよ！　だから竹内さんがいいならいいんだ」

「そう……？　良かったぁ……」

普段モブの俺が、仕事中の今だけはクラスの天使を独り占め。しかも俺や外部の無理やり強制ではなく、天使のご厚意で。この時間は俺の高校生活の唯一の楽しみなのだ。

「あ、そういえばさぁ、明日《あした》の六限のＨＲで文化祭の出し物決めるんだって！　田中くん知ってた？」

「そ、そうなんだ？　知らなかった……。まだ先なのにね」

「他のクラスと出し物が被《かぶ》らないように、早めに決めようってことなんだってさ！」

ボッチには基本、学校の情報が回ってこないもんで。お恥ずかしい。

でもそんな俺にも、竹内《たけうち》さんはいつも気さくに話しかけてくれる。癒《いや》される～。

「一年生はね、展示なんだよ！　先輩達《たち》はお化け屋敷とか、クリスマスツリー作ったり、すごいクラスだとジェットコースター作ったりしたんだってさ！」

「結構色々あるんだねぇ」

「けどゆずはねー、プラネタリウムがやりたいんだよ！」

「プラネタリウム？　文化祭でどうやって？」

「ダンボールとか暗幕使って、みんなででっかいかまくらみたいなの作るの！　そのかまくらの天井を、投影機も作って照らすんだよ！　それが綺麗《きれい》なんだってさぁ」

竹内さんは頭の中で文化祭のことを想像しているのか、ふふ、と笑って呟《つぶや》く。

「楽しみだなぁ、文化祭っ」

文化祭なんて、正直ボッチの俺は一人で暇を潰すことになるだろうし、とても楽しみとは思えない。でも竹内さんの笑顔を見ていると、竹内さんが心から楽しめる文化祭になって欲しいなと素直にそう思えて、俺も釣られて微笑《ほほえ》みが漏れた。

「いい文化祭になるといいね」

俺がそう声をかけると、竹内さんは言葉なく二回大きく頷《うなず》き、ジョウロを傾けたままなぜかぽわぽわ俺のことを見つめてくる。

「……って、あれ？　ちょ、竹内さん！　同じところに水あげすぎ！」

「え！　あぁ！　あはは……ごめんちょっとぼーっとしてて……」

どうしたんだろう。なんか俺、変なこと言ったかな。

「おーい！　ゆずりーん！」

不意に校舎の方から声がして、上を見上げる。取り乱していた竹内さんも振り返って上を見た。

「ち、千代《ちよ》ちゃん！　どうしたの？」

三組の竹内さんの友人、金川《かながわ》千代さんがクラスのある四階の廊下の窓から俺達を見下ろしていた。金川さんはクラスのリーダー的な存在。これまた男女みんなと仲良し。……まあ俺は別に他人だけど。

「今から自販行くんだけどー！　ゆずりんいつものオレンジジュースでいいー？」

「えー！　いいのー!?　ありがとぉ～！」

「うんー！　買って待ってるねー！」

金川さんは竹内さんの注文を聞いた後、なぜかしばらく俺達の方を見ていた。

「な、なに！」

竹内《たけうち》さんがそんな金川《かながわ》さんに、顔を赤らめてムスッとする。

「いや～？　あんたらいつも一緒にいるなぁ～ってー！」

遠くて表情はよくわからないが、「ふっ」という金川さんの笑い声が微《かす》かに上空に響いたような気がした。

「ち、千代《ちよ》ちゃんってば！」

「へへーん。じゃ、またあとでー！」

竹内さんに窘《たしな》められ、金川さんはようやく窓から首をひっこめた。どうやら行ったようだ。にしても、金川さんは何を笑ってたんだろう。

「……って！　ちょ！　た、竹内さん！　水！　こぼれてるって！」

今度はもう花ではなくコンクリに水をやっていた。

竹内さん、変わってるなぁ。

◇

「じゃあ、この中から投票で決めたいと思います！」

水やり翌日の六限。クラスの文化委員である金川さんは、書記に回った男子文化委員がこのＨＲでずらっと黒板に書いてきた文化祭の出し物の候補を眺めた。

竹内さんが言った通り、お化け屋敷、ジェットコースター、プラネタリウムあたりの他、ダンボールアート、ペットボトルアート、モザイクアート、それからねぶたやイルミネーションなどが候補に上がった。

「決選投票する前に話し合いでもしとく？」

「ジェットコースター絶対無理だろ。めんどくせえ」

話し合うとなった途端、男子リア充軍団から即座に批判の声が挙がったコースターは、〈ものづくり科学部〉という文化部の男子生徒達《たち》の提案だった。その男子は「で、できないなら、大丈夫です……」と、細々と呟《つぶや》いた。可哀想《かわいそう》に……。やりたかったろうなぁ……。

「モザイクアートとか平面だし、超つまんなそうじゃん。あとペットボトルアートってちょっと汚くない？　誰かが飲んだゴミで作るんでしょ？」

今度は女子リア充軍団がそう言う。竹内さんや金川さんもよくそのグループにいる。アート系は先生が例年の出し物を適当に見繕って候補として挙げたもの。

「えーいいじゃん、簡単そうで」

男子の面々は基本やる気がなさそうだ。まあ確かに、劇や屋台と違って展示って地味だしなぁ。

そんな中で、「ダンボールアートって何作るんですか？」と誰かの質問が先生へ飛んだ。

「例年だと、大きな恐竜を作ったり、ロボットを作ったり、お城を作ったりですかね。予算がかからないので、オススメです」

男子の面々が「そんなん作れんだ」と興味を示す中、リア充軍団の中にいたクラスの中核の男子も「いいじゃん」と、コースターの時と比べ前向きな声で続けた。

「難しくねえし、大《お》っきく作れば迫力もでるっしょ？　ちょうどいいんじゃね？」

「えー、お化け屋敷みたいに教室全部使うやつが良《い》い～」

反発するその女子の声を聞いて、金川《かながわ》さんが「あっ！」と閃《ひらめ》く。

「それならイルミネーションと掛け合わせたら？　ダンボールで作ったお城をライトアップして、教室全体も暗くしてめっちゃピカピカさせるとか！　ディ〇ニーのシンデレラ城的な！」

「え！　エモいかも！」

「それいいじゃん！」

金川さんの折衷案によって、ようやくクラスの目線が揃《そろ》い始めた。さすがリーダー。取りまとめるのが上手。……でも、

「とりあえず、これ踏まえた上で投票やろっか！　他にやりたいことがある人もいるだろうし、誰が投票したかわからないように、机に伏せてやろう」

――そして、

「よし！　決まり！」

クラスの出し物は、ダンボールアートで作る城に決まった。

そうしてクラスは解散となった。俺はクラスの出し物なんて別に何でも良かった。

ただ俺が気がかりだったのは、竹内《たけうち》さんが候補に上げたプラネタリウムに入っていたのが、一票だけだったことだ。

◇

出し物決めのHRを終え、放課後にあった定期委員会中の竹内さんはどこか様子がおかしかった。話しかけても上《うわ》の空で、なのにたまに妙な視線を感じるというか。

委員会後、二人で下駄箱《げたばこ》で靴を履き替えている今も、竹内さんの方を見ると、案の定目が合い、かと思えば竹内さんは狼狽《ろうばい》して目を泳がせる。

「た、竹内さん、どうかした？」

「えっ!?　ななな、何が!?」

「いや、なんかさっきから、変だから」

「へ、へ、へ、変!?　どどどどどこが!?」

いやもう、どこがってレベルじゃないけど……。

「まあ無理に言わなくてもいいけど……」

別に話すつもりのない相手にこれ以上追及するつもりはない。てかそもそも、あの竹内《たけうち》さんのお悩みを俺みたいなボッチが聞くのもなんか、あれか……。

「……えっと、じゃあ俺はもう帰るけど、竹内さんは金川《かながわ》さん待つよね？」

「あ、う、うん……」

「あ、ゆずりん、田中《たなか》くん」

折も折、文化委員の会議もちょうど終わったのか、下駄箱《げたばこ》に金川さんが追いついて来た。

じゃあまあ、解散か。

というところで、金川さんが言う。

「そうだゆずりん、ちゃんと田中くんにあのこと聞けた？」

……あのこと？　あのことってなんだ？　俺に聞くこと？

「え、えっと……まだです」

「えーもう、今聞かないと他にチャンスないかもよ？　聞くんでしょ？」

「でも、ゆずの気にしすぎだったらやだし……」

え、なに。俺のせいだったの？　なんか気になる？　ズボンのチャックは閉まってるよな。……鼻毛か!?

いや待て、そんな些細《ささい》なことで済むのか？　じゃないとこんなに竹内さんが動揺見せたりしないよな。ああ、なんかやらかしたんだ俺。クラスで唯一俺に優しくしてくれる竹内さんの前で。ホントに、こういうところが俺だよな。

……我ながら、どうしようもないボッチだ。

せめてもの足掻《あが》きで俺が鼻を擦《こす》って鼻毛を隠していると、「あのっ……」と竹内さんは真っ赤な顔で切り出す。

「は、はい……!?」

「だ、出し物決めの時、プラネタリウムに入ってた一票、あれ投票してくれたの、田中くんだったりしないかなって……！」

「……………え、あぁ」

よかったぁぁぁ。そんなことかぁぁぁ。俺はもう、「おちんちんはみ出てるよ！」くらいまでは覚悟してたのに。

ホッとした後、ああそういえばと、心当たりを思い返す。

「あ、うん、そうだよ……？　その、竹内さんプラネタリウムやりたいって言ってたし……。でも俺の一票しか入ってなかったから、気変わりしたのかなって」

竹内さんが俺を見つめる瞳は揺れていた。だけどじっと一点、俺の目を見ている。

「……竹内《たけうち》さん？」

「あの、あり……あり……ありゃと……」

「う、うん……？　気にしないで」

「良かったね、ゆずりん」

「……は、恥じゅかしいからやめて！　千代《ちよ》ちゃん、帰るよ！」

「え！　もう？　田中《たなか》くんともっとお話ししなくていいの？」

竹内さんはその場でむぅ、と考え、俺の目の前でピンク色のリュックの中をごそごそ探り出した。

「……こりぇ、あげゆ……」

いつになく舌っ足らずになった竹内さんは、なんと、たけのこの里を一箱丸ごと俺に差し出していた。

「く、くれるの!?　全部!?」

コクコク、と頷《うなず》く竹内さん。さすがに一箱貰《もら》うのはと躊躇《ちゅうちょ》していると、「もらったげて」と、金川《かながわ》さんが微笑《ほほえ》んで俺に促してくる。

「あ、ありがとう……！」

俺が受け取ると、「じゃあね……！」と、竹内さんは金川さんを引っ張ってその場に背中を向け、金川さんにケラケラ笑われながら今度こそ帰って行った。

なんかよくわかんないけど、竹内さん、たけのこの里派なんだ。
……同じだ。（照）

「……いや、もう……お前ら早く結婚しろよッッッ！！！！！」

2話

たけのこの里記念日から数日。

放課後、三組メンバーが三々五々散っていく中、このクラスで一番陰キャであるという自負のある俺は、このクラスで一番のリア充軍団の中に突撃した。

「……た、竹内《たけうち》さん！」

俺の呼び声に反応したのは竹内さんだけでなく、その場にいた陽キャ集団全員。何事かと、周りの目がさっきまで蚊帳《かや》の外にいた俺に集中する。怖いよぅ。

「い、行こっか……！」

「あ、うん！」

鞄《かばん》を背負う竹内さんに声をかけると、竹内さんは擽《くすぐ》ったそうに微笑《ほほえ》み首肯した。

「ふふ……ゆずりん行ってらっしゃ～い」

「行ってきます！　六時までには戻るからね！」

竹内さんは、なにやらニヤニヤしている金川《かながわ》さんの見送りに応えながら、いつも仲良くしているリア充達《たち》の輪から抜け、俺と一緒に教室を出た。

「ふふふ、えへへ……」

「……どうしたの？　竹内さん」

「ふふ、田中《たなか》くんがこの前言った通り、行く時声掛けてくれたのが嬉《うれ》しくて」

「そ、そう……？」

　今日はボランティア委員の仕事である海浜清掃のため、今から俺達は近所のビーチに掃除をしに出向く。委員全員出席ではなく、委員のメンバーの中から希望を取った少人数参加だ。もっとも、最低五人は強制らしく、わざわざ希望したのは、誰も手を挙げなくて気を遣った俺と、その後に続いた竹内さんだけ。残りの三人は結局くじ引きで決まった。希望制とは？

「……竹内さん、ホントに良かったの？　友達《ともだち》と予定あったんでしょ？」

　海浜清掃の裏では、竹内さんがいつも仲良くしている女子のメンツで、放課後教室お菓子パーティー、略して菓子パが行われるそうで、竹内さんも参加予定だったらしいが、委員のこともあって急遽《きゅうきょ》竹内さんは抜けることになったのだとか。

「ううん、全然平気！　いつもやってる菓子パだし、どうせ帰ってきてから途中参加するつもりだから！」

　そうかい……？　竹内さん、お菓子大好きでしょうに……。

　竹内さんはいつかの委員会決めの時同様、まるで俺の後を追うように海浜清掃への参加を希望した。多分、俺が仕事を引き受けたことに気を遣ってのことだと思う。

「あの、俺に気を遣ってるなら今からでも先生に俺が適当に言って――」

「気を遣ったりなんてしてないって！　その……だってゆず、田中《たなか》くんとの委員会、好きだもん……」

「…………そ、そっか！」

て、天使だぁぁぁぁぁぁぁぁ……！

もちろん、これはラブコメでなく現実。竹内《たけうち》さんが優しいからそう言ってくれてるだけなのはわかってる。

……でも、俺もこの委員会好きです！

◇

兵庫県明石市《ひょうごけんあかしし》、学校から南にある江井島海岸《えいがしまかいがん》に先生のミニバンで来た俺達《たち》。海岸沿いの歩道にはなんか南国風の木、水平線には淡路島《あわじしま》、東には明石海峡大橋《あかしかいきょうおおはし》が見える。ちなみに、めっちゃ家の近所だ。

「めんどくせー」だの、「今すぐ委員辞めてぇ」だの、くじ引きで来る羽目になってしまった先輩と思わしき男子三人が、ゴミを拾いながらぼやぼや文句を言っている。一方、竹内さんとビーチに来れて上機嫌だった俺も、このまま竹内さんとのアバンチュールかと思いきや、竹内さんと一緒にゴミ拾いをしていたところを先生に「喋《しゃべ》んな。散れ」と怒られた。マジかよこの委員会クソじゃん。

　日が沈み始めた頃。清掃を終えてビーチ脇の駐車場に戻った俺達が砂浜から撤退しようとした時、大人しい大きな犬を連れた一人の男性が俺達に近寄って来た。

「あの、すんません。この辺で、青いキラキラのついた銀色の指輪見なかったッスか？」

　訊《たず》ねる男性に首を傾《かし》げる先生。

「いやぁ、僕は見てないですけど……おいお前ら、見たか？」

　先生が返事をして、俺と竹内さんを含めた五人の生徒全員も首を横に振った。

「でも、そのゴミ袋……」

　すると男性が俺達の集めたゴミを見つめ、一人の生徒が「おい嘘《うそ》だろもう……」と面倒《めんどう》そうに頭を抱えた。確かに、この袋の中にはないとも言い切れない。

「すんません、確認させて貰《もら》ってもいいッスか？　その指輪、彼女との大事なもんなんッス」

　ゴミ袋の中にはそれなりのゴミが入っていた。その中から指輪があるか確認するには骨が折れそうだ。

　だけど、彼の恋人との指輪がこのゴミ袋の中にゴミとして入っている可能性が、どうしても俺の心の中でしこりになり、苦い記憶が蘇《よみがえ》る。

『はい、パス。それ、田中が仁藤《にとう》にあげるんだってよ〜』

『うわキモッ！　捨てとくわ！』

嫌な思い出だ。だけど、その時一人の女の子に抱いていた感情は確かに大切なもので、だからこそ彼が指輪を大切にする気持ちも痛いほど理解できた。

「あ、あ〜あ……やりやがった。お前が片付けろよ」

「はい、わかってます」

俺はゴミ袋をひっくり返した。一緒にビーチに来た仲間からわかりやすく刺々《とげとげ》しい視線を浴びながらも、俺は必死に素手でゴミを漁《あさ》った。

それから五つあったゴミ袋全てをひっくり返し、彼と一緒に指輪を隈《くま》なく探した。だがその努力も虚《むな》しく、指輪らしきものは見つからなかった。

「……ない、ですね」

「引き止めてすんません。俺、もうちょっと浜で探しますね。あざっした」

「あ、いえ……ほら、お前ら、さっさと片付けて帰るぞ」

「はぁ？　散らかしたのコイツじゃん……」

先生に片付けるよう言われ、生徒一人が俺に嫌味《いやみ》を呟《つぶや》いた。でも俺はそれより、浜の向こうで今も飼い犬と共に指輪を探す彼の姿の方が気になった。

もちろん散らかした俺が率先してゴミを片付けて、再び帰れそうだという空気が団体に流れる。やっとうんざりしていた仕事が終わったのだ。喜ぶべきことだ。

でも、……ダメだ。

――俺はこのまま帰る気になれなかった。

「……竹内《たけうち》さん、ごめん、竹内さんは先に学校に帰って菓子パ合流して」

「えっ、田中《たなか》くんは……？」

「先生、俺、ここに残ってあの人の指輪探すの、手伝ってもいいですか？」

「はぁ!? ふざけんなよお前マジで！ 殺すぞ！」

先生より先に先輩に詰められ、胸ぐらを掴《つか》まれる。少し気圧《けお》されながらも俺は先生に話をした。

「お、俺だけ学校まで歩いて帰るので！ 皆さん先に学校に戻っててください！」

「いやさすがに置いては行けないぞ……。歩きだと学校まで一時間はかかるし」

「い、いいんです……！ 俺がやりたいことなので……！」

「先生、もういいでしょ。こいつもこう言ってんだからほって帰――」

「ゆずも残る！」

その時俺に助け舟を出してくれたのは、また竹内《たけうち》さんだった。

「た、竹内さん!? だって竹内さんは菓子パが……みんな待ってるんでしょ?」

きっとボランティア委員なんて委員会がなければ、きっと俺との仕事がなければ、竹内さんは今頃、俺なんかと一緒に仕事なんてせず、青春を楽しめていたはず。

それなのにどうしていつも、竹内さんは——。

普段あどけない竹内さんが、力強い眼《め》で俺を真《ま》っ直《す》ぐ見て頷《うなず》いた。

「ゆずも指輪、ほっとけないから」

竹内さんは迷いなく決めていた。俺はその思いを否定したりできなかった。

そして先生も頷く。

「……わかった。ただし、俺が残りの三人を学校に送って、その後また車で戻ってくるから、それまでだぞ。いいな?」

「……わかりました。竹内さん、行こう」

「うん!」

日が暮れるまであと一時間もないだろう。それまでには見つけ出さないと。

「あの……!」

俺が話しかけると、振り返った彼は少し驚いた顔をして、手の砂を払った。

「え、さっきの高校生さんら……？」

「先生に許可もらったので指輪探し手伝います！　制限時間付きですけど……！」

「え!?　いいんスか!?　うわぁ～……ありがてぇ～……」

男の人に、竹内さんも励ましの声をかける。

「大事なんですよね？　指輪」

「ウッス……その指輪、俺らがまだ高校生の頃、初デートの時にオソロで買ったもんなんス。まあもう十年以上も前ッスけど。安物ッスしね。高校生の時の指輪なんて、いい加減新しいのに変えろって話ッスよね」

「そんなことないです」

「竹内さん……？」

竹内さんは、彼の弱音にハッキリと切り込んだ。

「その指輪は、二人のお互いを思う気持ちが今も色褪《いろあ》せてないっていう証《あかし》じゃないですか。普通とか世間体なんて、どうでもいいです。絶対に見つけ出して、この先もずっと大事にしておくべきです。その指輪も、その思いも」

――ああ、こういう人だよな。竹内さんって。

彼は、妙に心の籠《こも》った竹内さんの言葉に涙を浮かべていた。そして『世間体なんてどうでもいい』というその言葉に、なんだか俺まで勝手に励まされた。

「日が暮れる前に探し出しましょう！」

「ウッス！　あざっす！」

それから三人は指輪探しに没頭した。ただ、指輪は一向に見つかる気配がない。靴の中に砂が入って気持ち悪い。首にかいた汗に砂が付いて痒《かゆ》い。見れば途方もなく広がる浜。時間が経《た》つにつれ、親切心よりも現実への不快感ばかりが募っていく。

……やっぱり、現実はそう上手《うま》くいかないよな。

日も暮れかけ、もう間もなく車が来る頃だ。そう諦めかけた時だった。

「——あれ、これって」

竹内《たけうち》さんが、砂浜から何かを摘《つま》み上げた。

竹内さんの手の中にあったのは、——青いラメの入った指輪だった。

彼はすぐに竹内さんに駆け寄って、指輪を確認する。

「こ、これだ……うわぁ、よかったぁ……」

探し始めて一時間弱。ついに指輪が見つかった。彼は喜びか、安堵《あんど》か、恩人の竹内さんに対する感謝か、感情のままに泣き崩れ、何度も竹内さんにお礼を言った。

「ありがとぉ、ホントにありがとぉ……」

「い、いや、ゆずは探しただけですから……！」

そして、やはりその蚊帳《かや》の外にいる俺。

あぁ、モブの俺とは違う。

――竹内さん、すごいなぁ……！

現実なんて。そう思ってしまう俺が見ている景色をひっくり返す、まるで物語の主人公のような彼女の姿から、俺は目が離せなくなった。

彼は俺にも一言礼を言うと去っていった。

もうすぐ暗くなるビーチに、竹内さんと俺は二人きりになった。

「……ごめん、竹内さん。お菓子パーティー、間に合うかな」

「ううん！　そんなのいいよ。指輪が見つかってよかったね」

「でも……」

「いいんだよ、本当に！　ほら――」

竹内さんは西の方を見て目を眇《すが》めた。見れば地平線に太陽が滲《にじ》んでいた。綺麗《きれい》だった。

「――田中《たなか》くんと、こうしてここで夕日見られたから！」

「……そっか」

だけどその景色を見た感動よりも、夕日に照らされた竹内さんのいつもの麗《うら》らかな微笑《ほほえ》みの方が、俺の胸にいたく染みた。

やっぱ竹内さんは、天使だ。

◇

すっかり暗くなってから俺と竹内《たけうち》さんが教室に辿《たど》り着《つ》くと、菓子パをしていた金川《かながわ》さんと他四人の女子は、既に教室の片付けに取り掛かっていた。

「あっ！　やっと帰ってきた！　……って、どしたんそんな汚れて!?」

俺達《たち》はハッとお互いを見合う。言われてやっと自分達が砂まみれであることに気づいた。それぐらい二人して夢中だったらしい。

「ご、ごめん竹内さん、やっぱり間に合わなかったね……」

「もう！　だからなんで謝るの！　謝らなくていいって言ってるじゃん！　むしろ田中《たなか》くんは感謝されるべきなんだから！」

「ええ！　いや、俺なんて何も！」

「聞いて千代《ちよ》ちゃん！　掃除終わって帰る時にね！　男の人が彼女とのペアリング失《な》くしたって困ってて、それを田中くんが探すって言ってあげてさ！」

金川さんが「は、はぁ……」とたじろいでいる。よ、良くない良くない。女子相手に俺の無駄話なんて……。

俺は慌てて否定する。

「ちょ、ちょっと待って！　俺はホントなんもしてないって！　見つけたのは竹内さんじやん！　俺を持ち上げるみたいな言い方やめてよ！」

「でも田中くんが探すって言わなかったら、ゆずきっと探してなかったよ！　やっぱり田中くん、優しいなぁ」

「そ、そんなんじゃ……！」

「てか田中くん、顔に砂ついてる！」

「嘘《うそ》？」

「ほら」

「うわホントだ」

「ふふ、ここも、あとここにも、ふふふ」

「じ、自分で拭くから……」

「え～、取ってあげるって～」


「……いや、もう……お前ら早く結婚しろよッッッ!!!!!!」


……………は？

刹那、教室に木霊した金川さんの大声に、俺は一拍置いて間抜けな返事をした。

「えっと……金川さん？　誰と誰がですか？」

「お前らだよお前ら！　他に誰がいんだよ！　お・ま・え・ら！　ね!?」

「ちょ、ちょっと千代《ちよ》ちゃん!?」

金川《かながわ》さんは半ギレで他四人に共感を求めた。その四人はニヤニヤして俺と竹内《たけうち》さんの方を見ている。

「え、うん、マジでこっちから見たら終始夫婦だよ」

「見てる側が恥ずくていたたまれないレベル～」

「ほら見ろ！　わかったらとっとと籍入れろ！」

「ちょ、もう……みんな何言って……田中《たなか》くん困ってるから……」

そう言う竹内さんもお困りだった。こ、これは良くない流れだ……。俺とセットにされるとか、女子からしたら最悪じゃん……。

俺の横でからかわれ狼狽《うろた》える竹内さんのことを見ていられず、咄嗟《とっさ》に庇《かば》う。

「や、やめなよ！　竹内さんと俺みたいなのが釣り合うわけないじゃん！」

瞬間、教室がまたシーンと静まり返った。な、なんですか。

「田中くん、それマジで言ってんの？」

「え……あ、釣り合わないってのは竹内さんが上で俺みたいな陰キャがって意味で」

「いや、そこは疑ってないわ！」

「ででで、ですよね！　わかってました！」

じゃあなんの沈黙でしょうか……。

理解できずに首を捻《ひね》っていると、横で頰《ほお》を赤らめた竹内さんが、「田中くん、そんなことよりゆず達《たち》、着替えないと……」と、俺の半袖の体操服をクイクイ引っ張った。いや、言い足りないぞ。

「その、本当に竹内さんのことからかうのやめてあげなよ！　今日だってみんなと遊びたかっただろうに……」

「いや、ゆずりん、むしろ委員会の方――」

「わぁぁぁあああああああああ！」

竹内さんは急にシャウトし始めた。なんだ急に。

「ちちち、千代ちゃんってば！　バッカじゃないの！　バカバカバカ！」

「え、金川さん、今なんて言おうとし――」

「わぁぁぁあああああああああ！」

「竹内さん！　これじゃ会話にならないじゃんか！」

「いいんだよもう！　とにかく行くよ田中きゅん！」

「田中きゅん……？　あ、ちょ、え……？」

ふんす、と鼻息荒く、竹内さんは俺を引っ張って更衣室のある方へ歩き出した。結局真相はわからずだ。でも竹内さんが俺を引っ張る手はどことなく強く、歩く速さはなんとなく速いのはわかった。

……怒ってるのかな。

「……ごめん竹内《たけうち》さん、俺のせいでからかわれちゃったね」

「だから、謝らなくていいんだって！　田中《たなか》くんのせいじゃないんだから！」

庇《かば》われてるのに怒られてる……。

そうこう言っているうちに、更衣室に着いてしまう。男子更衣室の扉に手をかけると、硬い感触が帰ってくる。あの先輩、鍵閉めたな……。

「あー……男子更衣室閉まってる……」

「え？　ど、どうするの？」

「うーん、俺はどこか適当にトイレとかで着替えるよ。じゃあ、今日はここで解散だね。指輪のことホントありがとう。また明日《あした》学校で」

「……ここで着替えたらいいじゃん」

「……え？」

竹内さんは俯《うつむ》きがちにそう言った。俺は言葉が掴《つか》めず訊《き》き返す。

「ここって……廊下で着替えろと？」

「ち、違くて……」

「ん？　じゃあどういうこと？」

「だから……女子更衣室空いてるから、一緒に着替えようよ」

……ん、んぇえ？

何を言われているのか理解に苦しむ俺。しかし竹内さんはモジモジと身を捩《よじ》りながら俺の返事を待っている。

「女子更衣室空いてるから、一緒に着替えようよって……女子更衣室が空いてるから一緒に着替えようって意味だよね」

「……そだよ。な、なんで二回改めて言ったの？」

「いや、ちょっと頭が追い付かなくて……」

俺は焦《あせ》って至極当たり前のことを言い聞かせる。

「い、いや、何言ってんの竹内さん？　それじゃあ男子と女子で更衣室が分かれてる意味ないよね？」

「わかってるよそんなこと。でもトイレは汚いし」

「いやでもさ……」

竹内さんは自分のリュックの紐《ひも》を弄《いじ》りながら呟《つぶや》いた。

「ゆずは、田中くんとなら……いいのに……」

……な、なんで俺となら一緒に着替えてもいいってことになるの？　考える。竹内《たけうち》さんにとって俺と一緒に着替えていい、それっぽい、いかにも正当っぽい理由を考える。まさか俺のこと好きなわけはないしなぁ。

そして俺は、これしかないという答えに辿《たど》り着《つ》く。

──やっぱり竹内さん、俺のことは男として見てないのか……！

「わ、わかった……き、着替えようか……」

「え、なんでちょっと嫌そうなの……？」

「い、嫌じゃないよ……竹内さんが心を許してくれるなんて嬉《うれ》しい……」

「だったらもっと嬉しそうにして!?」

結局俺は、竹内さんと二人、お互いに背を向けて着替えることになったのでした。

……こういうのが、この後あと二回も続きます。

◇　竹内柚璃《ゆずり》　◇

海浜清掃を終え帰宅し、柚璃は友人の金川千代《かながわちよ》と電話をしながら風呂に浸《つ》かり、その電話を繋《つな》いだまま、風呂上がり、下にショーツだけを穿《は》いて上半身裸で部屋のベッドに飛び込んだ。

「あぁ〜、カッコよかったなぁ。田中《たなか》くん……」

『あのクルクル頭のおチビくんが……？』

「もう、またそうやってバカにするっ！　田中くんカッコイイもん！」

『ごめんごめん。んまあ人それぞれ好みはあるよね……あ、いつまでその話続く？』

柚璃は家に帰って千代に電話をかけて以降、ずっと莉太《りた》との今日一日を振り返って聞かせていた。

「まだ続きますっ。ゆずが帰るところまでだよ」

『え、まだ委員会の話も終わってないのに……？』

「でも海での話は飛ばしてもいいか、話したっちゃ話したし」

『うっしゃ、やりぃ！』

「喜ばないでよっ！　あっ……ていうか、学校に帰ってきてその後ね……我ながら結構大胆なアプローチをしてみまして……」

『ん、なんかあったの？』

「……い、一緒に着替えたの」

『……………はぁぁぁぁぁぁッ⁉』

音割れした叫び声が聞こえてくる。柚璃は思わずスマホを身から遠ざける。

『最初に言えよそれ……き、着替えたって……それもう……』

「ち、違うの！　ちゃんと背中合わせで……ゆずが言い出したことだし……」

『それで、何も起きなかったの？』

「うん」

『はぁ、まぁあのもやしっ子が何か仕掛けられるとは思ってないけど……ホント、なにがそんなにいいのやら……』

「……違うよ、千代《ちよ》ちゃん。そういうところがいいんだよ」

柚璃《ゆずり》は、更衣室でのことを思い返す。

◇

「じゃあ田中《たなか》くん、ゆず、背中向けて着替えるから、田中くんも反対向いててね」

「わ、わかった……！」

莉太《りた》は言われた通り、すぐ柚璃に背を向けた。柚璃も同じように背中を向ける。

「じゃあ、着替えるね……」

「う、うん……」

柚璃は最初に、砂だらけの半袖を脱ぐ。自分の水色のブラが露《あら》わになる。

そして自分の胸元に目を落とした時、柚璃の頭に過《よ》ぎる。もし今莉太が、自分の方を向いていたら、と。

もし自分の肌を、下着姿を、見られていたら。

恥ずかしい気持ちと同時に浮かんでいたのは、期待だった。

――見られていたら、同じ気持ちだから。

そして、柚璃は――振り返ってしまった。自分なりの答え合わせのつもりで。

しかし莉太は当然、背中を向けたままそそくさと着替えている。男の癖に華奢《きやしや》な莉太の白い背中を見て体が熱で震えた。だがすぐにその体はワイシャツで覆われる。

柚璃は、半ズボンを脱いだ。

莉太の後ろにはその時、下着姿になってそちらを向いている柚璃の姿があった。

「(こっち、向いてもいいんだよ。田中くん)」

もしこのまま、彼もこっちを向いたら、そしたら――。

柚璃がその姿で、莉太の黒いボクサーパンツ姿を見てドキッとしたのも束《つか》の間《ま》、その姿を見られているとも知らず、莉太は一瞬でスラックスを穿《は》いてしまう。

そして莉太は、そのまま着替え終えてしまった。

その場にあぐらをかいて座り込み、一言。

「お、俺着替え終わったから！　竹内《たけうち》さんも着替え終わったら言ってね！」

「――うん」

柚璃《ゆずり》は返事をして、制服を手に取らずに、しばらくじっと莉太《りた》のことを見ていた。だけど莉太は両手で顔を覆って、柚璃の着替えが終わるのを待ち続けた。それはまるで、頑として柚璃の方を見まいとするようで。

その正直な後ろ姿に、じゅ、と胸の内側が焼けるように熱くなる。気持ちが揃《そろ》わなかったことは少しだけ残念。でも心はますます彼に夢中になった。

「(――やっぱり、こっち向かないよね、田中《たなか》くんは)」

……でも、そういうところだ。そういうところが、

◇

電話を終えた柚璃は、パジャマを着ると、ベッドに横になってスマホの写真フォルダを開くと、その中から先日の体育祭の時に撮ったクラスの集合写真に写る莉太の顔をズームして眺めた。

「……えへへ。可愛《かわい》いっ」

柚璃は、画面の莉太の頭をちょんちょん、と人差し指で撫《な》でる。

「好きだよ、田中くんっ」

3話 「せっかくあんたにもラノベのテンプレみたいに幼なじみがいるのに」

竹内《たけうち》さんとの海浜清掃指輪事件から帰宅後。俺はスマホでタプタプと小説を執筆していた。パソコン持ってないし、そういうのに疎いので、昔からスマホのメモアプリに打ち込むのが俺の執筆スタイルだ。

さて、今回の山場は……。

「山田《やまだ》くんはいつも優しくてカッコイイです。世間体なんてどうでもいい。だから自信を持ってください」

「安奈《あんな》……」

そう言う安奈の顔は、ほんのり赤くなっていた。

なんの取り柄もないと自分を蔑んでいた俺は、彼女のその言葉に救われて——。

「…………へへ」

やってしまった。自分の小説に思いっきりリアルを投影するというイタ行為。しかも超脚色してるし。そもそも言われたの、俺じゃないし。いやでも、お陰でなんだかすごくいい話に仕上がってる気がするぞ、最新話。

今日を振り返りながら執筆に勤《いそ》しんでいると、ふと、教室に戻ってからのあのラブコメっぽいイベントを思い出す。

『いや、もう……お前ら早く結婚しろよッッッ!!!!!!』

金川《かながわ》さん、どうして俺達《たち》を見てそう思ったんだろ。俺とあの竹内《たけうち》さんがだなんてありえないのに。俺の書く小説じゃあるまいし。

ひとまず最新話は書き終えた。俺は達成感のままにスマホを枕元に放り投げ、俺の部屋の前で扉をカリカリしてたから部屋に入れてやったまま放置してたメグを、ようやく抱き上げ膝の上で撫《な》で回した。

すると部屋の扉が突然開く。

「お兄ちゃーん？　あ、メグここにいたんだ」

「あのさぁ、ノックぐらいしてよ……」

恵麻《えま》は「あ、ごめんごめん」と適当に謝りながら、ずけずけと部屋に入ってきてデスクチェアに跨《また》がり、背もたれを抱いた。

「お兄ちゃん、来週の土曜日ってバイトあったりしないよね？」

「え？　あー、休みだけど、なんかあるの？」

「よかったぁ。今ねぇ、胡桃《くるみ》ちゃんちが毎年行ってる日帰りキャンプに、今年田中《たなか》家も行く話になってるの」

胡桃ちゃん。その名前を聞いて俺は身震いした。

胡桃とは、隣に住む俺と同い歳《どし》の幼なじみのこと。家族ぐるみの付き合いで、小さい頃からの仲なのだが……。

「子供がこの歳になってもまだご近所一家と総出で出掛けるとか言ってんの……」

「いいじゃん。絶対楽しいって。空いてるなら空けといてよ？」

「まあ別に無理に断るほどでもないし、いいけどさ……」

「久しぶりだよね。どっちの家族も勢揃《せいぞろ》いでどこか出掛けるの」

俺がそれに上手《うま》く返事が出来ないでいると、恵麻は俺の顔を覗《のぞ》き込《こ》んでくる。

「どうかした？　お兄ちゃん」

「いや……あいつのこと思い出したら寒気が……」

もう高校生だ。昔とは違うのだ。俺も、――あいつも……うぅ……。

◇

次の日、二限目終わりの休み時間。喉が渇いたので自動販売機に向かうと、そこで焦《あせ》ったような男子の声がした。

「なぁ、この前のことまだ怒ってんのかよ。悪かったたって」

思わず俺はあと少しで自動販売機というところで、柱の陰に身を潜めてしまった。

野次馬《やじうま》の中心で女子生徒に男子生徒が平謝りしている。サイドテールに青いシュシュが特徴的。モデルじみた細いスタイルで、睨《にら》みに迫力のある切れ長の双眸《そうぼう》をした美人の女の子を相手に、男はいたくたじろいでいた。

「怒ってんのって、この前体育祭の打ち上げの時、友達《ともだち》に言って山下《やました》さんと二人にしてもらったことだろ？　仲良くなりたかっただけじゃん。下心とかじゃないんだよ。ごめんって、山下さん」

「ねえ、マジでウザい。いつまでついてくんの？」

山下さんたらいうその女子がようやく男の方を振り返ったと思えば、冷たくため息混じりに男を突き放す。しかし男は怯《ひる》まない。

「……許してもらえるまで、だよ」

男の窺《うかが》うようなその一言に、山下さんは「は？」と眉を顰《ひそ》めた。

そして山下さんは、すぅ、と一度大きく酸素を吸い込む。

「許すって何を？　私、怒るも何も、最初からあんたなんかと関わり合うつもりも関わり合ったつもりもなかったんですけど。あんたが友達と口裏合わせて私に何しようとしてたのか知らないけど、私は元からあんたみたいなキモい男と口利かないようにしてるだけ。あんたみたいなの相手に怒るとかそんな面倒《めんどう》なことわざわざしないっつの。大体なんでさっきから、私からの好感度が下がっちゃったー、取り戻さないとー、みたいな言い草なわけ？　元からあんたに対する好感度なんて無いけど？　下がる以前に、上がってないけど？　もうさ、なんての？　好きとか嫌いとかそれ以前の次元なの。関心がないの。あんたコンビニでレジ担当してもらった店員さんにいちいち情湧く？　ないでしょ？　それと同じなの。いやそれ以下なの。はぁ。うん。でもそっか、そうね。せっかくしつこくねばっこくここまで私に言い寄って人生の邪魔してくれたんだもんね。わかった、私、今日からあんたのこと嫌ってあげる。てなわけで、こうして今やっと関わり合ったところで折り入って私からあんたにお願いがあるんだけど、**もう二度と私と関わらないでもらっていい？**」

——ピッ、ガタン。

山下さんは言い切ると、あっという間に自販機でミルクティーを買って去っていった。

当該者である男は、その舌刀による剣技に捌《さば》かれ散乱した木《こ》っ端微塵《ぱみじん》の肉片の如《ごと》く、その場に立ち尽くしている。す、すげえ。饒舌《じようぜつ》すぎて途中落語かと思ったぞ。てか、場の空気が氷点下だ……飲み物どころじゃない……。

出直すかと自教室の方に引き返すと、すれ違う野次馬達《たち》から細々と声が。

「あれ、男嫌いの山下さんだよな。四組で有名な子。ザ・感じ悪いギャルだな」

「一年でもトップクラスに可愛《かわい》いのにもったいね。三年の先輩の告白も蹴ったんだと」

男嫌いの山下《やました》さん……。

俺は山下さんを評する男子達《たち》に苦笑いしながら、一つため息をついた。

「田中《たなか》くんっ！」

「た、竹内《たけうち》さん？　どうしたの？」

教室に戻ると、ちょうど竹内さんが俺の元へとことこ駆け寄ってきて、話しかけられた。

あぁ、今日も可愛《かわい》い……。

「今日ね、クラスの何人かでカラオケ行かないかって話になってるんだけど、男子も誘ってて、良かったらその……田中くんもどうかなって」

なにッ!?　あの竹内さんがこの俺をリア充軍団との放課後にご招待してくれているだと!?　つ、遂《つい》に俺もそちら側に!?

……いやいや、待てよ。

浮かれた瞬間、思い出す。

『あんたなんかと関わり合うつもりも関わり合ったつもりもなかったんですけど』

背筋がゾッとするのを堪《こら》え、俺は笑顔で答えた。

「ご、ごめん。今日用事あるんだ」

「あっ……そ、そうなんだ……。それじゃあ仕方ないね」

「うん、それじゃ」

竹内さんの横を通り過ぎて自席に向かう途中、ひそひそ声が聞こえてくる。

「おい、田中の奴《やつ》、竹内さんの誘い断ってなかったか……？」

「羨ましい……。てかもったいねぇ……。」

俺だってそう思うよ。でもでも、山下さんのあの超絶罵倒を見た後だぞ。あの男子と同じ道を辿《たど》れってのか？　俺はただのモブ。勘違いはしない。ここはちゃんと分を弁《わきま》えるところだ。大体、カラオケなんて行ってアニソン歌うわけにもいかないし。

竹内さんは自分の席で心做《な》しかしょんぼりしていて、金川《かながわ》さんに慰められていた。せっかくの優しさを無下に扱ってしまって申し訳ない……。

◇

「はい、いいよ」

「わふっ！」

ビュ――――ンッ！

午後五時。下校してメグの散歩後、帰宅して足を拭いてやって膝から解放すると、勢い良く家の中を駆け出すメグ。意味不明だが、メグの散歩後のルーティンだ。

よーし。今日のやることお～わり。

今日父は仕事の飲み会で帰りが遅く、母は夜勤。恵麻《えま》は友達《ともだち》とご飯を食べに行くとかで家にいない。つまり俺はこの夜、一人で好き放題というわけだ。まあ、晩御飯がカップ麺になるのは育ち盛りの男子高校生としては痛いが、そんなのはこの際いい。せっかくだし、普段大画面で見れないちょっとエッチなハーレムラブコメの白光解放バージョンをテレビの大画面で見ちゃお！

そう意気込みながら、部屋に戻ると、

「おかえり～」

「ただいま～。……ただいま!?」

誰もいないはずの家で、出迎えの声が。

サイドテールに青いシュシュ、モデルじみた細いスタイル、睨《にら》みに迫力のある切れ長の双眸《そうぼう》のあの美少女が——なぜか俺のベッドの上に……。

「な、なんで……」

「よっ、キモオタ」

なんで俺のベッドの上に、男嫌いの山下《やました》さんが……？

「え、うん、え……」

さらりとド直球に俺をディスってきた山下《やました》さんは、制服のままベッドの上にうつ伏せで寝転がり、本棚からくすねたのか、ラノベ、『可愛《かわい》ければ変態でも好きになってくれますか？』を読んでいたようで。

「……はい、これ」

動揺していると山下さんがその文庫本を手渡してきて、俺はおずおず受け取る。

「え、あぁ……はい……」

「莉太《りた》、相変わらずこういうのが好きなんだ」

「い、いや……えっと……」

堂々としろよ俺……こういうとこだろ、陰キャオタク……。

俯《うつむ》いていた視線をふと彼女に戻すと、彼女は目を少し細くし、唇をむっと引き結ぶ。

その整った顔とは数秒見合うことさえ耐え難く、視線を逸《そ》らす。すると今度はその先に、無防備に投げ出された生脚。短く折られたスカートは乱れ、普段目にするはずのない太ももの向こう側の膨らみ始めが裾から見えかけている。

そんなことを考えていると、山下さんは上体を起こし、頬《ほお》を赤らめて睨《にら》んできた。

「……変態」

「い、いいじゃんか別に本くらい！　胡桃には関係ないじゃん！」

「幼なじみが変態だと困るのは私なのよ」

そう。彼女がまさに恵麻《えま》の言っていた俺の幼なじみの正体。山下胡桃《くるみ》だ。

男嫌いの山下さんは、俺の幼なじみなのだ。


「わふっ！　わふっ！」

するとメグが来客に気づいたようで、部屋に侵入して胡桃の前で飛び跳ねる。

「メグちゃ〜ん♡　今日もふわふわ〜♡」

胡桃は朗らかに頬を緩ませ、メグを抱える。

「へへ〜、可愛い〜♡」

その顔は本当に、今朝のあの男子への罵倒が嘘《うそ》みたいだ。

俺はついむず痒《がゆ》くなった頭をかいて、本題を引き戻す。

「……どうやって家の中入ったの」

「恵麻ちゃんから鍵借りた。はいこれ、鍵も返す」

「恵麻の仕業なのか……」

鍵も受け取り、『変好き』の一巻は本棚に戻し、幼なじみのこの悪い意味での遠慮のなさに嘆息する。胡桃はメグを下ろし、ベッドから立ち上がって、本棚にずらりと並んだライトノベルの背表紙を値踏みするように見る。

「あんた、部屋に籠《こも》ってエロ本ばっか読んでるから彼女出来ないんじゃないの。いい加減こんなのに時間割いてないで現実見ればいいのに」

「余計なお世話だよ……そもそもラノベはエロ本じゃないし、大体、ラノベやめたくらいで彼女出来たら苦労しないって……」

ラノベって、なんで昔からこうエロ本だと思われがちなんだろう。

俺はやるせなさを感じながら、「おもしろいのになぁ」と、『義妹生活』という作品の表紙を見つめる。するとそれを見て胡桃《くるみ》が頭を抱えた。

「あぁ、もうリアルの女の子じゃ満足できなくなったんだ……末期ね」

「そ、そうじゃなくて！」

「はぁ……せっかくあんたにもラノベのテンプレみたいに幼なじみいるのに………」

「ははは、現実と物語の幼なじみは違ゴフッ――」

並んで本棚の前に立っていた胡桃から横腹に右ストレートを一発貰《もら》う。

「な、なんで……」

「あんたに一番言われたくないセリフだったからよ……」

俺はその場に蹲《うずくま》る。一発KOのゴングが脳内に鳴り響く。幼なじみはともかく、すぐに手が出るような女の子に惹《ひ》かれたりはしないかな。うん。

そして床の上でメグに頬《ほお》を舐《な》められながら訊《たず》ねる。

「てか、結局胡桃は何しに来たの……」

「あ、そうだった」

胡桃はベッドに座り、サイドテールを手で弄びながら足先をモジモジさせる。

「……今日莉太《りた》、ご飯ないんでしょ」

「あぁうん。え、なんで知ってんの……？」

「恵麻《えま》ちゃんから聞いた。……仕方ないからうちでご飯作ったげようかなぁって。食べる？」

立ち上がる俺。

「あぁそういう……いいの？　じゃあ遠慮なくごちそうになる方向で……」

「あ、あそう？　しょ、しょうがないわねぇ〜。ま、別にいいけどさ〜」

「ええ？　別に無理にとは言わないけゴフゥ――なぜッ――」

「来なさいよッ！」

唐突に立ち上がった胡桃はまたもや俺に腹パン。やたら切迫した顔でそう言う胡桃の目の前で、俺は再びその場に跪《ひざまず》いた。

「もうわけわかんねえ……」

なにはともあれ晩御飯問題、期せずして解決。それに関しては感謝。

俺が生まれてすぐの頃、両親が今のマンションに引っ越したタイミングと同時期に胡桃を身籠《みごも》った状態で隣に引っ越してきたのが山下家《やました》だった。両家は似た境遇に意気投合。それからほどなく胡桃《くるみ》が生まれ、俺達《たち》は同い歳《どし》の幼なじみとなったわけだ。

竹内《たけうち》さんを学内アイドル系正統派天使ヒロインとするならば、胡桃はラブコメで言うところの、男を寄せ付けない氷の女王系ヒロイン、もしくはツンデレ美少女幼なじみ系ヒロイン……と譬《たと》えれば聞こえはいいが、正直ああいうフィクションの幼なじみほど俺達の仲が良いわけではない。

小さい頃はよく遊んでいたが、小学校に上がり、陰キャの俺と対照的に友達《ともだち》の多かった胡桃とはなんとなく徐々に疎遠に。中学を経て、高校入学を機に、学校ではめっきり話さなくなった。それ以来、ぶっちゃけ割と微妙な距離感だ。

まあ、今もこうしてご近所付き合い程度ならあるんだけど。

二人、部屋を出て、メグのご飯だけ用意してから胡桃の家にお邪魔することに。

「そういえば莉太《りた》、キャンプ来るんだって?」

隣に移動すべく玄関へと先を歩く胡桃が振り返った。

「あー、うん。恵麻《えま》がやけに釘《くぎ》刺してくるから……」

「……へへへ」

靴を履き替えながら謎に口の端が緩くなる胡桃。

「え、なに……?」

「あ……い、いや？　あんたみたいな引きこもりが外に出る良《い》い機会だなと思って」

「うるさいなぁ……だから余計なお世話なんだって」

玄関を開けて、わずか五歩。

「お邪魔しま～す」

山下家に入ってすぐ、胡桃は何だか機嫌良さそうに、鼻歌を歌いながら俺を家に招き入れてくれた。学校の男相手にはあんなだが、四六時中カリカリしているわけではなく、普段は基本温厚なのだ。まあ、既に何発か貰《もら》ってはいるんだけど。

胡桃の家の両親もまたうちと同じく共働きで、家には居ないようだった。

すると、リビングの方からドタドタ騒がしい足音が聞こえてくる。

「……あ！　莉太くんだぁ！　えーなんでなんで！」

「お～、空《そら》。久しぶり。なんか胡桃がご飯作ってくれるって、うぉ……」

胡桃の妹、三姉妹の次女、空が、俺に抱きついて歓迎してくれた。空は胡桃とは対照的に昔から俺に懐いてくれている。

「なんか、大きくなったね……」

「百五十センチ！」

「もう!?　すごいね～」

「へへへ～♡」

あ、胡桃《くるみ》と同じ笑い方だ。

「コラ、空《そら》？　莉太《りた》が迷惑するからやめなさいよね」

「えー、ヤダ。へへへ～、莉太く～ん♡」

「ッ……ホントに生意気なんだから……」

「まあまあ……別に俺は……」

「あんたも小学生に鼻の下伸ばしてんじゃないわよ」

ギクッ……。

胡桃はそそくさと奥のリビングへ歩いていく。俺も空を引《ひ》き摺《ず》って付いていく。

胡桃の家の間取りは俺の家をまんま反転させたような作りになっていて、右にある部屋が左に、左にあるトイレが右に、右にあるキッチンが左に、と、なんかいつも不思議な気持ちになる。

「あ、小豆《あずき》ちゃん。久しぶり」

「莉太くん……！」

小学一年生の三女、小豆ちゃん。こちらはまだミニマムサイズ。テレビの前にちょこんと座り、大人しくゲームで遊んでいた。

「莉太くん、遊びに来たの？」

「そだよ、胡桃が誘ってくれたの」

胡桃は台所に入って、ライムグリーンのエプロンをつけた。似合うなぁ。

「小豆、莉太に会いたがってたもんね～」

「く、胡桃お姉ちゃんだって……！」

「は？　ないから」

「ご、ごめんなさい……」

「小豆ちゃんに強く当たるなよ……可哀想《かわいそう》に」

小豆ちゃんの頭を撫《な》でると、小豆ちゃんは嬉《うれ》しそうに相好を崩した。可愛《かわい》い……。

「二人とも、せっかくだしご飯できるまで莉太に遊んでもらいな～」

「わーい！　え、じゃあス○ブラやろス○ブラ！」

空がはしゃいでその場で飛び跳ねる。見た目は成長してても中身が伴ってないな。

「おお、言っとくけど俺——強いよ？」

◇

早々にボコられた俺。女子小学生二人にソファの上で挟まれ、茫然《ぼうぜん》とテレビ画面を眺めていた。へ、へぇ、やるじゃん。（汗）
見た感じ三女の小豆ちゃんが優勢だった。的確にコンボを繋《つな》ぎ、着実にダメージを与え続ける徹底ぶり。小一にしてこのゲームの腕前……末恐ろしい。

しばらくして、そのまま小豆《あずき》ちゃんが勝利。

「小豆！　メテオばっかりズルいって！　あとＤＬＣキャラもせこい！」

「で、でも……」

「あーあ、小豆とやってもつまんない！　莉太《りた》くん、私と二人だけでゲームしよ！」

「い、いやそれはさすがに……」

「ふぇ、ふぇぇ……ふぇぇぇぇ」

「あ、小豆ちゃん!?」

小豆ちゃんはとうとう泣き出し、俺の上に跨《また》がって抱きついてきた。

「だからそういうのもズルいって！　すぐ泣いて許してもらおうとするし！」

空《そら》の気持ちもなんとなくわかる。胡桃《くるみ》や恵麻《えま》が小さい時も、何かと俺が譲ることが多くて、少し我を出すとすぐ泣かれて母親にチクられていたのを思い出した。

とは言えこの状況はよくないので、俺はス〇ブラを消してホーム画面に戻る。

「お、俺スマブラ飽きたなぁ。あ、YouTube見よ、YouTube……俺最近き〇ぐれクックにハマってて……あ、小学生は見ないかな。あはは」

コアラみたいに俺にくっつく小豆ちゃんの頭を撫《な》でる。

「小豆ちゃん、仲間はずれにしたりしないからね」

「…………へへへ♪」

あ、こっちも胡桃と同じ笑い方だ。

「だったら私も莉太くんの膝の上で見る！　小豆どいて！」

「嫌ぁ……あっちゃんも莉太くんと一緒がいぃぃ……」

ど、どうしよう、キリがない……。それにどうしても小学生を相手にしていると良心が痛んで強く言えない。

そんな時、背後から頼もしい声が。

「コラ！　空も小豆も！　喧嘩《けんか》しないよ！　莉太は一人しかいないんだから！」

「「は、はーい……」」

胡桃に叱られると、途端に大人しくなる二人。

「莉太もあんま甘やかさないで。もっとキツく言ってやんないと聞かないんだから」

「え、ご、ごめん」

「アレクサ、YouTube つけて」

料理をしながら片手間に台所からアレクサに指示を出す胡桃。あのギャル家庭的すぎない？　姉っていうかもはや二児の母じゃんね。

胡桃は昔から学校ではそのハッキリした物言いでみんなを引っ張るリーダー的な存在だった。今でこそ男嫌いの胡桃も、当時は男女問わず仲良しだった。

実は幼なじみの俺ですら、胡桃《くるみ》がなぜ男嫌いなんて言われるようになったのかわからないのだ。俺に当たりがキツいのは昔からだし、気づいたら男に対してあんな感じで、イマイチなんでなのかぴんとこないんだよな。理由を訊《き》いても『キモいから』とか『ウザいから』とかしか言ってくれないし。なんで変わっちゃったんだろう。

しばらくして料理ができ上がり、俺は三姉妹に混ぜてもらって食卓に着く。

「いつぶりだろ、胡桃の料理。久しぶりな感じする」

「そんな前じゃないでしょ。たまにそっちで作ったげてんじゃん」

白飯に肉じゃが、豆腐の吸物、それから小松菜のお浸し。バランスまで考え尽くされているであろう献立だった。

「はい、じゃあ手を合わせて」

習慣らしく、正面に座る胡桃が言うと、妹ズが手を合わせる。俺も一緒に合掌すると、胡桃は姉をしてる姿を見られたのが恥ずかしかったのか赤面した。

「い、いただきます……」

「「いただきま〜す！」」

俺もいただきますをして、パクっと一口肉じゃがのじゃがいもから口をつけた。うまっ……。なんだこれ、俺のお母さんが作る肉じゃがより母の味するんだけど。もしかして、ホントはこいつが俺の母ちゃんなのか……？

「……おいしい？」

少し心配そうに俺の顔を覗《のぞ》き込《こ》む胡桃。

「うん、美味《おい》しい！　やっぱ胡桃の料理はいいなぁ……」

お母さんの料理と違って、やっつけ感がないというか。

「へへ、へへへ……♪」

もう一口食べて咀嚼《そしやく》しながら胡桃を見ると、褒められたのが嬉《うれ》しかったのか、胡桃は俯《うつむ》いてニヤニヤしていた。それを見ていた俺の横に座る空《そら》が肩を竦《すく》めた。

「いつもはこんな豪華じゃないけどね」

「アレクサ、あいつボコボコにして」

「アレクサになんてこと頼むんだよ……」

上二人と違い大人しい小豆《あずき》ちゃんを箸休めに見ると、小豆ちゃんは胡桃の隣にちまっと座り、黙々とご飯を食べながらも俺に気づき、にぱぁっと笑顔をくれた。うちの子にしたい。

すると空が、箸で肉じゃがを摘《つま》んで俺に突き付けてくる。

「はい、莉太《りた》くん、あーん！」

「え、いや自分で食べ……ていうか自分のあるし……」

「ちょっと空！　行儀悪いわよ！」

「えーいいじゃん。せっかく莉太《りた》くんいるのに。はい、あーん！」

もごっと、半ば強引に肉じゃがが口の中に。空《そら》はドヤ顔で胡桃《くるみ》を見た。

「お姉ちゃんは莉太くんに食べさせてあげないの？」

「は、はぁ!?」

空は不敵な笑みを浮かべ、胡桃の動揺を誘う。

「く、胡桃……あんま無理しないで……」

「そ、そうよ！　そんなことするくらいなら死んだ方がマシだし！」

そんなに!?

学校では男嫌いの山下《やました》さん。しかし俺の前では、なんだかんだ俺や妹達《たち》の世話を焼いてくれるも、やっぱり一言多い、そんなどこか憎めない幼なじみだ。まあ、学校では見せない顔を知ってるって関係性も悪くないよな。

小説のネタにするか……。

4話 「もう～！　お前ら早く結婚しろよ～！」

「もう、帰ってくるの遅くなるなら言ってよね」

「ごめんごめん、学校帰りに本屋寄ったらつい長居しちゃってさ」

「ご飯できてるよ。今日は奏太《そうた》の大好きな私特製のにくじゃが！」

学校では氷の女王と呼ばれている幼なじみの歩美《あゆみ》だが、俺が家に帰ってくるとなんだかんだいつもこうして笑顔で迎えてくれる。

「いつもありがと、歩美！」

「別に、奏太のためじゃないんだからね！」

本当に、素直じゃないな、歩美は。


…………またやってしまった。でもしっくりきてしまった。

キャンプ当日。俺は父が運転する車に揺られながら、こそこそいつもの小説投稿サイトのマイページを眺めていた。

許してくれ胡桃。この関係、心地よくてなんかいいなと思ってしまったんだ。

まあいいよな別に、現実じゃありえないんだし、創作の中でぐらい、ね。

昼頃に目的地であるキャンプ場に到着。車から降りた時の空気が美味《おい》しかった。ここが何県のどこなのかさっぱりだが、どうやら山の中で、山下《やました》家は毎年秋にここへ来ているらしい。

田中《たなか》家はキャンプ場の駐車場で、先に着いていた山下家と合流した。うちの母、恵理子《えりこ》は早速胡桃《くるみ》ママのところに挨拶に行く。

「ごめんね家族の恒例行事に混ぜて貰《もら》っちゃって～、今日はお世話になります～」

「あらぁ、そんな改まらなくても～。楽しんでってねぇ～。あ、そういえば莉太《りた》くんママ、最近、うちの空《そら》がねぇ～――」

うちのお母さんと胡桃ママの子育てトークの傍《かたわ》らで、胡桃パパと俺の父、浩史《ひろし》の会話も繰り広げられる。

「いやぁ、キャンプ日和《ひより》ですねぇ、山下さん！」

「そうですねぇ。いやホント晴れてよかったです。これなら子供達《たち》も川遊びできそうですねぇ」

「早速準備ですよね？　何からしましょう？　うちの莉太も手伝わせますよ」

「あ、ではまず、テントの設営から……」

言いながら胡桃パパは、かけていたメガネを直し、一人でぼーっとしていた俺の方を見てニッコリ笑った。

「キミにお父さんと言われる筋合いはないよ」

「あ、言ってないな」

胡桃パパは何かと俺を目の敵にしてくる。いつものことです。

「あ、莉太くん！」

「お、おお、空……」

そこに更衣室の方から空がやってくる。空はミニバスに通っていて、その練習着を着ていた。

「莉太くん！　私今日のために水着買ったんだよ！　下に着てるの！　ほら！」

そう言って空はTシャツの胸元を引っ張って中を見せてきた。絶賛成長中の双丘とその谷間が目に刺さる。ちょ、小五？　ホントに小五？

「う、う～んちょっと……胡桃パパ見てるからあんまそういうのは……」

「空、やめなさい。それに莉太くん、キミに胡桃パパと呼ばれる筋合いはないよ」

もうなんて呼べばいいんだよ。あなた誰なの？

「相変わらずお兄ちゃんにベッタリだね、空ちゃん」

連れてきたメグのリードを握った恵麻《えま》が苦笑いする。恵麻は白のワンピースを着ていた。余所《よそ》行《ゆ》きの格好をしていると、俺の妹とは思えないほど大人びて見える。

「あれ、恵麻ちゃんいたのー？　莉太くんに夢中で気づかなかった！」

「……ほう？」

そんな恵麻《えま》は、空《そら》にはよくペースを崩されている。今だって空のナチュラルな煽《あお》りを受けて額に青筋を立てている。

「コラ、空ってば。莉太《りた》はテント作るの手伝うんでしょ。邪魔しないの。パパもいちいち莉太に難癖つけないでよ」

胡桃《くるみ》が小豆《あずき》ちゃんの手を引いてやってくる。胡桃はパーカーにショーパン、小豆ちゃんは水着の上にパーカーを着ていた。どこかで既に着替えてきたようだ。その一方で胡桃パパはまたメガネのブリッジを指で押し上げ、威厳を保つ。

「胡桃、パパに歯向かうのはやめなさい」

「はぁ?」

「すび、……すみませんでした」

おい、威厳。

胡桃は自分の父を黙らせてから、「……よっ」と、控えめに俺に挨拶してきた。小豆ちゃんも「莉太くんっ」とふりふり手を振ってくれた。俺も手を挙げて返した。

「胡桃ちゃん！　今日誘ってくれてありがとね！」

恵麻がそう言うと、胡桃は男の前とは比べ物にならない笑顔で応答した。

「恵麻ちゃん～！　こちらこそだよ～！　来てくれて嬉《うれ》しい！　あ、更衣室あっちにあるから、恵麻ちゃんも水着着替えておいでね！」

「うん！」

胡桃と恵麻は昔から仲良しで、普段もよく二人で遊んだりしている。今日も楽しそうで何より。

「メグちゃん！」

そして小豆ちゃんは嬉しそうに胡桃の手から離れて、メグと戯れる。メグも小豆ちゃんに会えて、嬉しそうにその場でパタパタ暴れている。

「へへへ、メグちゃん可愛《かわい》いねぇ～。一緒に遊ぼうねぇ」

「小豆ちゃん、今日はメグといっぱい遊んであげてね」

「うん！　それに、あっちゃん莉太くんと恵麻ちゃんとも一緒に遊びたい！」

俺と恵麻は笑顔を返し、小豆ちゃんの頭を撫《な》でた。好きだぁぁぁぁぁぁッ!!

◇

それから山下《やました》三姉妹の下二人と恵麻とメグは川へ遊びに。男三人はテントの設営を。母親二人と胡桃は料理の準備に取り掛っていた。

「行かせたくない……行かせたくないよ僕は……」

「く、胡桃パパ……俺、別に手伝うって……」

「と、とは言えキャンプに来させてずっと準備させるわけにもいかないし……でも娘に手を出されたら困るし……胡桃《くるみ》パパって呼ばれる筋合いないし……」

胡桃パパが俺を川遊びに行かせるかどうか、良心と本心の間で揺れている。なんというか、俺ってそんなに信用ないですか？

「うちの莉太《りた》根性ないんで、辛《つら》い思いさせるぐらいがちょうどいいんですよ」

お父さん……？

「いや莉太くん、悔しいけど川遊び行っておいで。どうせもうすぐ終わるし」

どんだけ俺嫌われてんの？

段々腹が立ってきて、俺も少し仕返しのつもりで呟《つぶや》いた。

「ありがとう、メガネ」

「あぁ、気をつけてね」

それはいいんかい。

さて、胡桃パパに呆《あき》れつつ、川へ向かう、……前に、少しだけ気になるあの子の方へ顔を出すことにする。

「……ねえ、胡桃は行かないの？　川」

「……なによ？　テント終わったの？」

「いや、まだだけど、お前の父ちゃんが遊んで来いって言ってくれてさ」

テントより先に設営されたテーブルの上でご飯の準備をしている奥様＋ＪＫのところへ寄った俺。胡桃は野菜を串に刺すサイズに切り分けている。手際がいい。

「あら莉太くん、胡桃のこと心配してくれてありがとね～。ホントに優しい子ねぇ。なのに胡桃ったらまた仕方のない意地張っちゃって～」

「ちょ、ママ！」

胡桃ママは困った様子だった。ママは美人だ。この人なんでメガネと結婚したんだろ。

「だって！　二人だけじゃ大変でしょ？」

「莉太と違って優しいのね、胡桃ちゃん。莉太なんて全然家事やらないんだから」

お母さん……なに、俺っていらない子なの……？　家でもボッチなの……？

「……私のことは別にいいって。私はお子ちゃまとは違うの。あんたは恵麻《えま》ちゃん達《たち》見ててあげてよ」

「ならいいけど……来たくなったら来なよ？　胡桃も水着に着替えたんでしょ？」

「え、えっと……気が向いたら行ったげる」

来ないやつじゃん。

でもそう言われたら仕方ない。俺は恵麻達のいる、すぐそばの川の方へ遊びに行った。

まあ確かに、もう川遊びではしゃぐのも恥ずい歳《とし》だよな。お互い。

「「莉太くん！」」

川の方へ顔を出すと、パシャパシャと水の音を立てながら、空《そら》と小豆《あずき》ちゃんが一目散に俺の元に駆け寄ってくる。空はクロスラップの紺色のブラに、そのセットアップのショーツ。小豆ちゃんはキッズ用のレオタードタイプの水着を着ていた。

「わぁ、二人とも水着似合ってるね」

「「へへへ……」」

相変わらずの三姉妹共通のその照れ笑い……。

「お兄ちゃん、お疲れ」

「ああ、うん」

恵麻《えま》も俺を労《ねぎら》ってくれた。恵麻はシンプルな黒のビキニの上に、英字の入ったTシャツを着ていた。ちなみに犬用ライフジャケットを着せたメグは、ポメチワ特有のふわふわの毛が水に濡《ぬ》れて、体積が二分の一くらいになっていた。

「ねえねえ～！　遊ぼ莉太《りた》くん～！」

当然のように俺の腕を抱く空。小学生……？

「そ、空……わかったから……。で、三人で何してたの？」

「小豆はメグちゃんと遊んでて、恵麻ちゃんと私は水鉄砲で撃ち合いしてた！」

「二人仲悪いの……？」

「大丈夫だよ。ちょっと色々あって、勝負してたの」

恵麻はやれやれと笑う。いや怖い怖い。何が原因よ？

「……まあいいけど。じゃあその水鉄砲でなんかやる？　あと何丁あるの？」

空が全部で三丁だと、岸の方で余っていたラスト一丁の水鉄砲を持ってくると、「そうだ！」とそのまま何かを思いつく。

「じゃ、女子三人で莉太くんを撃とう！」

「な、なんでそうなるの⁉　しかもただ撃つの⁉　ルールとか無く⁉　自分で言いたくないけど空は結構俺に懐いてる方だと思ってたのに！」

「えい！」

しかし問答無用。ブシュっと空が持っていたガトリング型の水鉄砲から噴き出された水が、俺のちんこに放たれた。

「ちょ、おい！　ちんこ狙うなって！　……あふっ！」

恵麻も続けて、自分の持っていたライフル型の水鉄砲で俺のちんこを狙ってきた。

「おい！　妹！」

「恵麻ちゃんナイス～！　ほらほら、小豆も！」

「へへへ……」

「小豆ちゃんに変なことやらせるなぁ！」

小豆ちゃんは片手にメグのリード、片手に空に持たされたピストル型の小さな水鉄砲で俺のちんこを撃ってきた。

「お前ら！　ちんこ狙うなって！　うわぁ〜！」

俺のこれ、水着じゃないのに。

◇

それから女子三人は俺のちんこを濡らし飽きて、メグと戯れだした。気づけば俺の下半身は漏らしたみたいになっていた。ていうか、ちんこ濡らし飽きるってなに。

遊びがひと段落したところでふと、俺達《たち》のテントとテーブルの方が気になった。

切った食材をバーベキュー用の串に刺していく胡桃《くるみ》。テントを作り終えた父親二人もご飯の下準備に加わっていて、胡桃はその中で、どこか浮かない顔で作業しながらも、母二人の前では笑顔を見せる。

「……胡桃もこっちで遊べばいいのに」

すると恵麻《えま》が俺の呟《つぶや》きに気づき、どこか意味深に微笑《ほほえ》んだ。

「ねえねえお兄ちゃん、見て？　私の水着。どうかな」

「なんだよ急に……」

恵麻はTシャツを脱ぎ、黒色のビキニ姿になる。小さい頃から一緒にいた恵麻だが、見ないうちにどこか大人らしい体つきになっていて、妹とは言え反応に困る。

「……えっと、いいと思うけど」

「この水着ね、この前胡桃ちゃんと空《そら》ちゃんと一緒に買いに行ったんだ。胡桃ちゃんも今多分、パーカーの下にその時買った水着、着てると思うよ」

「え、そうなの？」

「今日のために選んだ水着、ね。でも胡桃ちゃんが素直じゃないのわかるでしょ？」

そうなのか、と俺は頭をかいた。本当は今日を楽しみにしてたし、こっちで遊びたいはずだけど、お人好《ひとよ》しな上に素直になれず大人の手伝いから抜け出すのを躊躇《ちゅうちょ》してるってことか。

「……俺、もっかい胡桃のこと呼んでくるよ」

「ふふ、さすが私のお兄ちゃんっ」

胡桃は昔からそうだ。正義感が強い。そのくせ自分の気持ちには素直になれない。だから時々自分の気持に蓋をして、周りのために平気な振りをすることがある。いつも素っ気ないけど、本当は誰より家族や俺達のことを考えていて無理をする。強気なのはただの強がりではなくて、優しさと気遣いの裏返しなのだ。

「く、胡桃」

親達の元で胡桃を呼ぶと、胡桃はなぜか俺の下半身を見て顔を顰《しか》める。

「……漏らしたの？」

「あ、いやこれは違くて……って、そんなことはどうでも良くて！　やっぱり胡桃《くるみ》もあっちで遊ばない？　せっかくみんなでキャンプ来たんだし」

「だ、だからいいって言ってんでしょ。まだお料理の準備あるし……」

「胡桃～、こっちはママ達《たち》でやるから気にしないでいいのよ～」

胡桃ママがそう言うが、胡桃は「平気だって！」と強がる。

「莉太《りた》くん」

そんな俺達のやり取りに、胡桃パパはどこか優しげに微笑《ほほえ》んだ。

「胡桃はこっちで料理の下処理があるから、大丈夫だよ」

ブレないな、このメガネ。

「いや、でも……」

他の大人三人すら呆《あき》れているメガネはもう放っておくとして、俺は言葉を考える。

あからさまに気を遣ったり優しくしたりすると、大体胡桃は反発する。プライドが東京スカイツリーくらい高いからな。

でも、こういう時胡桃をその気にさせる方法を俺は知っている。伊達《だて》に零歳から幼なじみをやっている訳じゃない。

こっちが下手《したて》に出るのだ。食べたそうにしているお菓子をわけてあげる時は、『あげるね』じゃなくて『もういらないから残り食べてくれ』だし。おもちゃを貸して欲しそうにしていたら『貸してあげる』じゃなくて『一人じゃ面白くないから一緒に遊んで欲しい』だし。要は、『しょうがないわね……』と言わせられればいいのだ。

「なによ……？」

胡桃はいつもみたいに口を尖《とが》らせて不貞腐《ふてくさ》れている。でも俺の言葉を期待している。何度も言うが、昔からそう。なんとなくの肌感でしかないけど、わかる。

そんな胡桃を誘う方法はもうこれしかないと、俺は意を決して、思いついた言葉を伝える。

「…………く、胡桃の新しい水着、俺、見たいし……」

「「…………」」

「……あらまぁ～♡」

数秒の沈黙後、なぜか胡桃ママが恥ずかしそうにしていた。

「ちょ……はぁ!?　何言ってんのあんた！」

「だ、だって……胡桃も今日のために水着買ったって恵麻《えま》が……」

「それは……そうだけど……」

これしか思いつかなかったとは言わずに……。

「せっかく胡桃が今日のために買った水着でしょ。見れないとか……損じゃん」

「……ダメ、かな」

照れくさくて熱くなった頬《ほお》をかきながら返事を待っていると、胡桃《くるみ》は自分の着ているパーカーのファスナーをくりくりと触りながら、ピンク色の頬をして言う。

「…………しょうがないわね」

いけた……！　さすがにキモすぎたかと思ったけど良かった！

昔ながらのやり方で今でも上手《うま》くいくということに、少し笑えてしまった。

「な、なに！」

「はは、ううん、なんでも。ほら、いいから行こうよ」

俺が胡桃の手を引くと、「ちょっと待って……！」と、胡桃は立ち止まる。

「どうしたの？」

手を放して振り返ると、胡桃は下唇を甘く噛《か》み、上目で俺を見ていた。

「見たいんでしょ……？　脱ぐから、待って……」

「え、あぁ――」

「莉太《りた》……」

幼なじみのそのらしからぬ優艶な仕草と表情に、リードしていたはずの俺の心臓はドク、と大きく音を立てた。

俺の動揺なんて知らずに、胡桃はパーカーのファスナーをゆっくり下ろした。

透き通るような白い肌と、柔らかく膨らむ胸が露《あら》わになる。ブラはワインレッドのフリル付き。胡桃の白い肌の上でよく映える色だった。ショーパンも下ろし、胡桃はセットアップのワインレッドのショーツを見せる。

「……どう？」

胡桃は脱いだパーカーとショーパンを胡桃ママに渡しながらそう訊《き》いてきた。

素直な胡桃の質問を前に、俺は答えあぐねた。

大人びた、いかにも女性らしい胡桃の身体《からだ》や表情を見ていると、さっきまで胡桃のことを昔から知っているだなんだと考えていた自分が惨めに思えるような、どこか、自分が子供のまま置いてけぼりになっているような、そんな気がしてしまう。

「綺麗《きれい》、だと思う……」

「…………ありがと」

そのまま褒めると胡桃は、目を逸《そ》らしがちに、それでもあしらったりせずに素直に言葉を受け取ってくれた。

「……連れてってくれるんじゃないの？」

そして胡桃は俺の手を握ってきた。

「う、う、うん！」

胡桃《くるみ》の手なんて今まで何回も握ってきたのに、なんでこんな俺、ドキドキして——

そして、川の方に振り返った瞬間。

「もう～！　お前ら早く結婚しろよ～！」

……………え？　……え、え、え？　そのセリフ……え？

「……ちょ、恵麻《えま》ちゃんったら……！」

どこかで聞いたことのあるセリフ。それを俺と胡桃に手向けたのは、俺の妹、恵麻だった。

「だーかーらー！　もう早くくっつけよって！　二人、昔からずーっとそう！　お似合いすぎだよ！　新婚カップルかよ！」

「お、おい恵麻！」

親も聞いている中での恵麻の発言に、俺の顔はみるみるうちに熱くなる。

「ねー！　みんなもそう思わないー？」

恵麻が言うと、胡桃ママが「うふふ♡」と嬉《うれ》しそうに笑う。

「そうねぇ♡　莉太《りた》くんが胡桃のことをお嫁さんに貰《もら》ってくれるなら大歓迎よ♡」

「莉太《りた》にはもったいない気はするけど、二人が幸せならそりゃ田中家《たなか》は大歓迎よ～」

「ひゅーひゅー、いいぞ莉太～」

「僕は嫌だ」

母親二人が勝手に盛り上がり、お父さんもとりあえず便乗し出す。み、みんなしてから
かって……一人だけ欅《けやき》○46みたいなこと言ってるパパいるけどさ。

「恵麻《えま》！　からかうなよ！　……ったくもう、お互いの家族のいる前で……胡桃《くるみ》もなんと
か言ってやってよ……」

「え、恵麻ちゃん……もう……」

「……胡桃？」

「あんたは黙ってればいいのよ……」

いつになく弱々しい胡桃は言いながらも、俺の手を握る手に力をギュッと込める。

「ほーらやっぱりお姉ちゃん、莉太くんに優しくされるとすぐ赤くなっちゃって」

空《そら》にまで茶化《ちゃか》され、ようやく胡桃は「うるさい！」といつもの調子を取り戻す。

「みんな大袈裟《おおげさ》だよ……ほら、行こうよ胡桃」

「う、うん」

そして行先には、俺達《たち》のことをニヤニヤ見ている恵麻の姿。

お前ら早く結婚しろよって、いやいや、なに言ってんだよ……。

昔から何も出来なくて、その頃からずっと変わらない、一人ぼっちで、陰気で、妄想ばっかりの俺と、昔はワガママで妹のように思っていたのに、いつからか大人になって、綺《き》麗《れい》な、完璧な、魅力的な女性になっていく胡桃。

これは物語じゃない。現実だ。いくらラブコメにありがちな幼なじみという関係性でも、家族みたいに育ってきた上にこんなに差があっちゃ、結婚どころか付き合うことすらありえないだろ。

川遊び中、妹達の相手をしている胡桃のことをどこか遠くに感じながら見つめた。すると、うっかり胡桃と目があってしまい、

「……見すぎよ。キモオタ」

いつもの胡桃に虐げられて、やはり目が覚めたのであった。(泣)

そもそも胡桃、男嫌いだし。そんな子と恋愛なんて、やっぱあるわけない。

◇　山下《やました》胡桃　◇

キャンプを終えて、マンションに帰着。

胡桃は部屋に入り、ベッドに飛び込み、ここ数日の自分の頑張りを振り返る。

色々あり、高校に上がってから人を避けるようになった莉太とは絡みづらくなり、そし

て胡桃《くるみ》自身にも照れくささがあり、疎遠に。だがなんとか関係を繋《つな》ぎ止めようと、意地を捨て、積極的にアプローチしている真っ最中なのだ。

ただ肉じゃがの時も意地を張って〈あーん〉してあげられず、今日のキャンプもただ水着を見せるのが照れくさいというだけで避けてしまった。

だけど莉太《りた》は、昔からそんな胡桃を笑って許し、いつも歩み寄ってくれる。

胡桃は部屋に飾ってある、自分と莉太の小さい頃の写真を手に取る。

「(莉太ぁ〜〜〜♡　好きぃ〜〜〜〜〜い……♡)」

胡桃は莉太を溺愛していた。もちろん男として、恋愛的な意味で。

「私の水着見たいって……しかも手まで……キモオタのくせに……好き……」

莉太が昔からの胡桃を知るように、胡桃もまたそうだった。

幼い頃から莉太は、優しい男の子だった。

莉太は四月生まれ、胡桃は三月生まれの早生まれ。小さい頃の十一ヶ月《じゅういっかげつ》の差は顕著で、胡桃にとって莉太は兄のような存在だった。

胡桃が欲しがったものを必ず与えてくれる。困っていたら必ず気にかけてくれる。行動を求めれば必ず応えてくれる。いつも自分の手を引いてくれる。胡桃は莉太の素朴な優しさが好きだった。

だけどそんな莉太は大人しくて鈍感な性格が災いして、よくいじめられていた。

許せなかった胡桃は小学生の頃、いつも莉太をいじめる男子と敵対していた。

その過程で男が嫌いになったのだ。

莉太のような男は莉太以外にいなかった。

莉太以外の男なんて、きっとみんなクズ同然なのだ。

そんなことを考えていると、ふとスマホが震える。

『またチャンス作ってあげる！』

今日、予想外のセリフを叫んだ恵麻《えま》からのメッセージだった。肉じゃがをご馳走《ちそう》した日も、今日のキャンプも、全ては胡桃の気持ちを知っている恵麻に頼んで画策してもらったことだったのだ。

『お願いします、恵麻師匠……！』

また、昔みたいに一緒にいられるようになりたいから。

「私がもっと莉太のために頑張らなきゃ……へへ、へへへ♡」

胡桃はこの後二時間、莉太に握ってもらった手の感触の余韻に浸った。

「やっぱり先輩、ウブですね♪」

キャンプが終わって週が明けた月曜日。十月になった。

まさかこの俺が『お前ら早く結婚しろよ』だなんて、ラブコメで言うところの確定演出を二回も味わうとは。どうやったら俺みたいな陰キャと竹内《たけうち》さんや胡桃《くるみ》みたいな可愛《かわい》い子がお似合いに見えるんだろ。

そんなことを考えながら放課後に突入。席から立ち上がり、下校しようとしたちょうどその時、いつもの声が聞こえる。

「た、田中《たなか》くんっ！」

「竹内さん？」

どうしたんだろう。今日は特に委員会の仕事もないはずだけど。

竹内さんは「えっとその……」と、手をモジモジさせて、俯《うつむ》きながらもチラチラと俺の方を見ている。いつも可愛いなぁ……。

「き、今日の放課後ね、クラスの何人かで放課後遊ぼうって話が――」

「あ、ごめん、今日バイトだ……」

「ああ……」

竹内さんはまた俺のせいで凹《へこ》んでいるようだった。うぅ、やっぱり竹内さんの誘いを断るのは気が滅入るなぁ。でも俺がそんなところに顔を出したら、きっと「え、なんでこいつ来たの？　ちょ、呼んだの誰？（笑）」と浮いてしまうこと間違いなしだ。

　それに今回に限らず、これから先こういうのに誘われ続けても、俺なんかは顔を出せそうにない。

　俺はそれをやんわり伝えようと、微笑《ほほえ》む。

「竹内さん、多分ボッチの俺に気を遣って誘ってくれたんだよね！」

「え？　いやそういうわけじゃ……」

「でも大丈夫！　俺、結構一人が好きだから！」

　竹内さんは絶句して固まってしまった。ん、なんか言い方まずかったかな。

「竹内さん？」

「ナンデモナイ……ナンデモナイナンダヨ……」

「……大丈夫？」

「ゴゴ、ゴメンナサイネ……」

　うーん、なんか漫画に出てくる外国人みたいになってるけど、まあ竹内さんって時々壊れるし、今もきっと一時的な何かなんだろうな。それに竹内さんには友達《ともだち》がたくさんいるあまり長く竹内《たけうち》さんといると注目を浴びてしまうので、さっさと退散した。

「サヨ……サヨナラ……」

「じゃあ、俺はこれで」

し、うん、大丈夫。

◇

バイトと言って誘いを断ったが、あれはこの前とは違い嘘《うそ》ではない。

学校から自転車で十分強の場所にあるハンバーガーチェーン店、〈ファミリア〉。俺はそこでアルバイトをしている。

仕事場に到着。従業員用駐輪所に自転車を止めて、入店。今日もそこそこ賑《にぎ》わう店内を抜けて、スタッフオンリーの入口へ。はあ、これまた学校と同じく憂鬱だ。

広さ六畳ほどの事務室に入ると、まず手前に休憩用スペースが設《しつら》えてあり、その奥にはパソコンの置いてあるデスクが。そのデスクで黙々とパソコンと睨《にら》めっこしてシフトを組んでいる女性スタッフの背中が目に入った。頻《しき》りに「しんど」とか、「だる」とか、ネガティブな言葉を吐いている。

「おはようございます、店長」

ただのスタッフではない。この店の店長。京野花子《きょうのはなこ》だ。

俺が声をかけると、「んお……」と、店長は振り返った。美人なのにどこか老け込んで覇気のないその顔は、見ているとこっちが疲れてくる。

「悪いな田中《たなか》、突然牧原《まきはら》が風邪《かぜ》だってよ。本当かどうか知らんがな……あとは柳《やなぎ》がばあちゃんの葬式だって。……あいつのばあちゃんが死ぬの、三回目なんだが」

今日は元々シフトに入っていない日だったが、急遽《きゅうきょ》欠員が出たということで代わりに俺が入ることになったのだ。

「全く、今回だけですよ本当。……って、毎回言ってますよね俺」

「だってみんな予定がとか用事がとかって断るし……。いいだろ別に。お前が学校行ってる間私が厨房《ちゅうぼう》カバーしてたんだぞ？　私店長なのに……」

人望ないなこの人……。

万年人手不足のこの店と、頼まれると断れない俺。相性良すぎて、俺はシフトを入れられ放題の仕事させられ放題。昨今のスマホプランくらい色々放題だ。

「それで……このバーガーの山はなんです？」

「聞くな……」

テーブルには十数個ほどのバーガーが。もう色々てんてこ舞いだったのだろう。

「ただでさえ人が抜けてピークの時間忙しかったのに、その後例のあいつが出勤してきて、ピーク後も目が離せんくてな……どうもあいつは仕事覚えが遅いし、なによりアホだ。やる気はあるみたいだが……。で、もうすぐ田中《たなか》が来る頃だと思って一度抜けてきたってわけだ。こうして戻ってきても結局仕事だけど。はは、笑えん」

「笑えなさに笑ってる……重症だ……」

店の惨状ととある新人スタッフの話。苦笑いで応えるのが関の山だった。

「……例のあいつって、舞原《まいはら》さんですか？」

「ああそうだ。ってことで田中、あいつのことは後はお前に任せた」

「いや、みんなでちゃんと仕事教えてあげないと……」

「だってあいつ、可愛《かわい》すぎてみんな甘やかすんだもん」

なんて馬鹿げた理由だ、と、でもそれが事実であることに俺はため息をついた。

その新人は女の子なのだが、なんせめちゃくちゃに可愛いのだ。

まず顔が良《い》い。それはもう尋常じゃない。テレビで見るレベルだ。

しかも可愛いというのは何も容姿だけの話ではない。明るくて人懐っこく、そしてとにかくあざとく人受けのする性格で、入ってきてすぐ男女共スタッフはその子にメロメロ。そのせいで誰も失敗を咎《とが》めず、困っていたら仕事を代わってあげてしまう。結果彼女が仕事を覚えられない悪循環。なのに本人は悪気なく、いたって仕事には前向きなところがなんともまた憎めないのだ。

「ほら、田中は割とあいつに熱心に仕事教えるじゃん？　あいつも田中のこと気に入ってるみたいだし、なんつーの、気を利かせて図ってやってる的な？」

「だったら他のことで気を利かせてくださいよ。シフト減らすとか――」

「無理無理（笑）」

「笑うな」

呆《あき》れて首の後ろに手を当てながら、それでも俺は店のために交渉する。

「ならせめてチーフ達《たち》にちゃんと教育するよう言ってくださいよ。みんなが甘やかすから俺が色々と教える羽目になってるんですよ？　俺女の子苦手なのに……」

店長は話し疲れたのか、デスクチェアの上でスライムみたいに「うぇ～」と溶けた。

「まあ難しいことはいい。見ての通りだ田中、私はもう仕事したくない。あとはなんだ、目○蓮か松○北斗と結婚したい」

もうダメだこの人……。

「わかりましたって……。あの子のことはとりあえず今日一日俺が見ますから、店長はせめてそのシフト表、今日中に仕上げてくださいね」

「ひゅ～、田中やっさしぃ♪」

「あんまり舐《な》めるなよ……？」

これ以上話していても却《かえ》って仕事を押し付けられそうなので、俺はもう諦めて更衣室に入った。

◇

クルーの制服に着替え、いざ出勤。

このバイトを始めた理由は主に二つ。まずはラノベや漫画を買うためのお金を稼ぐため。

そしてもう一つは社割でファミリアのハンバーガーを食べるため。

そんな些細《ささい》な理由だったのに、今では社畜ならぬバ畜状態。

辞めればそれで済む話なのだが、人も少ないし、店長あんなだし、新人もなんかあれだし、変に気を遣ってしまう俺は辞めるに辞められない。はぁ……。

ため息混じりにタイムカードを押したところで、噂《うわさ》をすれば、

「——だぁれだ♡」


厨房《ちゅうぼう》に入った瞬間、目の前が誰かの手で塞がれた。

視覚が真っ暗になり、それ以外の感覚が研ぎ澄まされる。甘い香りがし、背中に生温かくて柔らかい感触。俺にこんなことするの、あの新人しかいない……。

「ま、舞原《まいはら》さん！　やめてって恥ずかしいから……！」

「えへ、正解です♡」

手を離してもらい、振り返るとそこにいるのは、楚々《そそ》とした黒髪ショートカットの絶世の美女だ。クルーの制服を着ていて、この制服にビジュアル的な需要なんてないはずなのに、その姿さえ魅力的に感じる。

この女の子こそ、うちのバイトの問題児である舞原楓《かえで》だ。

「おはようございます、先輩♡」

「お、おお、おはよう……」

動揺する俺の姿にクスッと笑う舞原さん。クソッ、女性経験がないが故に、やっぱ女の子相手だとまともに返事出来ない……。

「先輩、どうしたんですか？♡」

「い、いや別に……」

しかもこの子はいつも、多分それをわかっていてやってきてる……。

「先輩、私先輩のことず～っと待ってたんですからね？」

舞原さんはそう言ってさりげなく俺の腕を取る。ふとした時のボディータッチ……あざといし、普段女の子に触られたりしない俺にはぶっ刺さるぅ……。

「なかなか来ないから、その間やることなくてもう暇で暇で」

「う、うん。暇っていうか、普通みんなはここに来たら働くんだけどね……」

「やだなぁ、あたしだって仕事してますよー？　見てくださいあのシンクに溜《た》まった洗い物の山を。あれはあたしが運ぼうとして床に落としちゃって、また洗わなきゃいけなくなったたくさんのトレイです！」

「仕事してるっていうか、仕事増やしてるよね？」

「みなさんは運ぼうとしたあたしのやる気を褒めてくださいました♡」

「良《い》い職場だ……」

「事務所で見ませんでしたか？　バーガーの山。あれはあたしがレシピを間違えて作ったバーガーを店長が自費で買い取ったものです！」

「あれ舞原さんのせいだったの……」

「安心してください。社割額ですから♡」

「そういう問題かな？」

　とにかく明るい舞原さんは、悪気なさそうに横でキャピキャピしている。黙って見過ごしているとこの店が危ないので、胸を痛ませながらも舞原さんのことを叱る。

「舞原さん、いい加減バーガーのレシピぐらいは覚えようよ……いつまでもああやって食材を無駄にするわけにもいかないでしょ？」

　舞原さんは「ぶ〜、覚えようとはしてますよぉ」と頬《ほお》を膨らませる。

「あたしたくさんのことといっぺんに覚えたり出来ないんです。次々教えられても、すぐ忘れちゃうっていうか〜、記憶力がないんですよね〜。やる気はあるんですけど……あ、それより先輩見てくださいあのシンクの洗い物の山！」

「この一連の会話も覚えてられないレベル!?」

なにこの子、記憶力ダチョウなの？

「てへ♡」

舞原《まいはら》さんはまたあざとく手を合わせて、ウィンクしてくる。ぐぉ、破壊力……。

「ご、誤魔化《ごまか》してもダメ……！」

「可愛《かわい》いって思ったくせに……♡」

「……………ほ、ほら！　仕事戻りなよ！」

「あ〜先輩〜、逃げないでくださいよぉ。誤魔化してるのはどっちですかぁ〜」

ああ、めんど可愛い……。

竹内《たけうち》さん、胡桃《くるみ》と続いて、舞原さんをこれまたラブコメで譬《たと》えるなら、最近流行《はや》りのやたら自分に構ってくるからかい系ヒロインだ。物語として見てる分には、ヒロインのからかい＝主人公のことが好きなヒロインの恋愛的アプローチなので見ていて羨ましいものだが、実際主人公当人になってみると、ヒロインに自分への好意があるかどうかなんてさっぱりなわけで、喜んでいいものなのか怒っていいものなのかわからないのが複雑だ。

出勤中のスタッフに挨拶して回っている時も、水道で手洗いをしている時も、なぜか舞原さんは仕事せずちょこちょこついてくる。

「てか舞原さん、同学年なんだしそろそろその先輩って呼び方と敬語やめてよ……」

舞原さんは俺と同じく高校一年生らしい。訳あって今はあまり通っていないらしいが、どっちにしたって先輩と呼ばれるのも敬語を使われるのも違和感がある。

しかし舞原さんは、まるで俺の発言を冗談と捉えたように笑った。

「あはは、嫌ですよもったいないない」

「え、何がもったいないの？」

「あたしが先輩のことを先輩として敬い続けていれば、先輩はずっと先輩で、つまりあたしはずっと後輩としての特権が得られるわけじゃないですか。先輩に仕事教えてもらったり、先輩にご飯奢《おご》ってもらったり、先輩に責任擦《なす》り付けれたり」

「ホントに敬ってる……？」

「こんなあたし見せるの、先輩の前だけなんですからね……？」

「嬉《うれ》しくないよッ！」

俺は呆《あき》れて首を揉《も》みながら言う。

「舞原さん……そろそろ仕事に戻りなよ」

「そうですよね！　それで先輩、あたしは何をすればいいですか？」

「あ～……ならとりあえず、洗い物の山を片付けてくれるかな」

「はい、わかりました♪」

そうして自分で作った仕事を自分で片付ける舞原《まいはら》さん。永久機関の完成だ。

◇

自分の仕事を開始してしばらくすると、

「なぁなぁ田中《たなか》……！」

「……なに、小山《こやま》くん」

「お前の妹、次いつ店来るんだよ……？」

「え～、いや……」

俺がフライのストックを足し終えたところで保温棚の向こう側から話しかけてきたのは、同じ魚住高校《うおずみこうこう》の同学年の同僚の男子、八組の小山達夫《たつお》くんだ。

学校ではボッチとは言え、バイトではそうはいかない。コミュニケーションなくして仕事は成り立たないからだ。だから会話する相手くらいはいるのだが……。

「この前も来てたじゃん？　あん時俺とも喋《しゃべ》ったじゃん？」

「まあ……」

こいつはうちの恵麻《えま》をつけ狙っているらしい……。

恵麻はどういうわけか、俺のバイトの様子を最近何度か見に来ていた。その時に言葉を交わしたことのあるスタッフも、何人かいる。

「お、俺のこと……なんか言ってた？」

「え、別に何も」

「いやいや、何もってことはねえだろ〜！　だって結構喋ったよ？」

「だから、なんも言ってなかったって……」

だって小山くん、恵麻に「下心丸出しでちょっと気持ち悪かった」って言われてたんだもん。言えるわけないじゃん。

「それより小山くん、舞原さんイニシでしょ？　なんであの子の仕事浮いてるの」

イニシとは、イニシエーター。バンズをトースターで焼くポジション。アッセンはアッセンブラー。焼けたバーガーに具を挟んでバーガーを作るポジション。小山くんはアッセン、舞原さんはイニシ担当のはずだが。

「いやぁ、楓《かえで》ちゃん、『パンの種類が覚えらんない〜』って困ってて、あんまり可愛《かわい》いから代わってあげないわけにはいかなかったよね〜。優しいっしょ？　俺」

「そんなんじゃいつまで経《た》っても舞原さんが仕事覚えらんないでしょ……」

「そんなこと言うなら田中が教えてやれよ。俺だって大変だったんだぞ。楓ちゃんバンズと注文間違えまくって、俺が間違ったバーガーいっぱい作っちまってよ」

「あのバーガー、共作だったのか……」

「せんぱ〜い！　洗い物終わりましたぁ！」

そこに、舞原《まいはら》さんが上機嫌でやってくる。

「ちょっと聞いてよ楓《かえで》ちゃん。田中《たなか》ってば、俺が楓ちゃんの仕事代わってあげたことに文句言ってくるんだよ〜」

「え〜、あたしは嬉《うれ》しかったよ？　小山《こやま》くん、ありがとね♡」

「こ、このくらい全然！　いやもうホント、他にも困ったことあったらなんでも言ってよ！　俺なんでもやるから！」

こいつに絶対恵麻《えま》は渡さない。

それはさて置き、このままでは舞原さんは厨房《ちゅうぼう》の仕事がままならないままだ。店長に面倒《めんどう》見るって言った手前、やっぱ俺が教えてあげるしかないか……。

「小山くん、フライのストックちょっと多めに作ったし、俺今手空いてるからさ、舞原さんにバーガー作り俺が改めて教えてもいいかな？　小山くんは在庫確認してきてくれない？　店長が終わってないって焦《あせ》ってたから」

「お！　了解！　んだよ田中気が利くじゃーん！」

そうして小山くんはルンルンで厨房を後にした。どうせサボるんだろうなと察しつつ、俺は傍《そば》でニコニコしている舞原さんを横目に、頬《ほお》をかく。

「じゃあ舞原さん、今日少しでもいいからバンズの種類覚えようか」

「はい！　先輩が教えてくれるなら、喜んで♡」

「な、何を調子のいいこと言ってんだか……」

とりあえず三種類のバンズの説明と、それぞれどのバーガーに使うのかを教える。

「あ、早速注文来たよ。チーズバーガーの注文が来たら、『チーズワンです』って、厨房のみんなに伝えるんだよ」

「はい！　チーズワンです！　先輩！」

仕事を教えてもらうとなると、一応真剣になるんだよな。舞原さん。

「チーズバーガーに使うバンズはどれ？」

「えっと……レギュラーバンズ！」

「よし、じゃあそれ焼こう」

「はい！」

ここまでは順調。焼けたバンズを基にひとまず俺がバーガーを完成させる。

五回ほど注文を捌《さば》いて、次はアッセン、バーガー作りの説明に入る。俺は厨房裏から持ってきたマニュアル本を舞原さんに見せた。

「ここにレシピが書いてあるんだけど、どれくらい覚えてる？」

「えっと、普通のバーガーと、チーズバーガーと………あはは……」

「いいよいいよ、気にしないで。じゃあ今日もう一個くらい覚えて帰ろう」

ある程度説明し終えたまさにその時、早速注文が来る。

「ほら、ベーコンレタスバーガーだってさ。『BWワンです』って」

「BWワンです先輩！」

「そうそう、じゃあバンズは？」

「せ、セサミバンズ！」

「そう。そのまま作ってみて」

「わかりましたっ！」

普段は俺相手に女性的な余裕を見せる舞原《まいはら》さんも、仕事中はどこか硬くて、目の前のことだけに一生懸命なのが可愛《かわい》らしい。

そして舞原さんはレシピを見ながらバーガーを完成させ、カウンターの方にスライドする。

「やれば出来るじゃん！　すごいよ！」

「ほ、ホントですか……!?」

余程嬉《うれ》しいのか、舞原さんの目はキラキラしていた。俺もその眼差《まなざ》しに応えてあげるよう、大きく頷《うなず》く。

「うん！　この調子なら大丈夫そうだね。あ、じゃあ俺、フライのストックまた足すから、困ったら呼んで。あと、マニュアルよく見てね」

「はいっ！　ありがとうございます！」

よし、これでようやく舞原さんも戦力に数えることができそうだ。マニュアルも渡してるし、まず失敗はないだろう。

そして数分後。カウンタースタッフの声が聞こえてくる。

「あれ、なんかこのバーガー、めっちゃこんもりしてない？　しかも五つ注文来てるのにまだ一個しか出来てないし」

「田中《たなか》くん～、食洗機バグってるんだけど、洗い物の後なんかした～？」

ひぃぃ。あいつ天才だぁ。

俺が脂汗を額に滲《にじ》ませていると、カウンターから顔を出していたカウンター業のバイトリーダーの大学生、森口《もりぐち》美咲《みさき》先輩が俺を見て苦笑いしていた。

◇

「あはは、まだまだ苦労しそうだね、教育係」

俺が事故の対処に当たりフライヤーに戻った後、俺の事を労《ねぎら》うつもりで話しかけてきたらしい美咲《みさき》さんは、ことのあらましを聞いてひらひらと笑った。毎日客にスマイルを注文されているだけあって、美人だ。

俺はチキンをフライヤーに浸して言う。

「いや、なった覚えないですよ教育係。大体なんで他人事《ひとごと》なんですか。大変なんですからね。みんなデレデレしてまともに仕事教えないから」

「まったまたぁ、何言ってんのさぁ。そういう田中《たなか》くんだって私らに教わってばっかかの新人の時期があったんだよ？　ほら、コーラ事件とか」

美咲さんはニッと笑った。俺はとある苦い思い出を掘り返されて目を逸《そ》らす。

「いい加減忘れてください……」

「それは覚えてるのに、肝心なことは忘れてるんだね」

「……はい？　なんのことです？」

「いや、思い出せたらいいね」

な、なにを思い出せと？　初心？　人の心？　どっちにしても俺嫌な奴《やつ》すぎる。

「……ていうか、美咲さんもあんま舞原《まいはら》さんのこと甘やかさないでくださいよ」

「だって……あの子、みんな言ってるけど可愛《かわい》いんだもん」

「だからそれも……」

「いや、そうじゃなくてさ！　美少女的な意味もあるけどね！」

美咲さんは前置きし、微笑《ほほえ》みながら続けた。

「あの子さ、心の底から仕事楽しそうにしてるっていうか、私達《たち》が話しかけたりお仕事教えたりすると、すごく嬉《うれ》しそうにするんだよね。だから仕事を覚えてくれたらいっぱい褒めたくなるし、失敗は励ましてあげたくなるってかさ。まあ甘やかしちゃうよねぇ」

さっきまで仕事を教えていた時の彼女の、あの充実感に溢《あふ》れているような笑顔を、俺は思い返す。

「……言われてみれば、そうかもですけど」

「結構いいコンビだよね。そんな頑張り屋さんの楓《かえで》ちゃんと、世話焼きの田中くん」

「な、なにが……」

と、話の途中で美咲さんは耳にしていたインカムを聞く仕草をする。

「あ、ドライブスルー私行きます。じゃ、田中くん、舞原さんのことよろしくね」

「よろしくって……」

美咲さんはドライブスルー用のカウンターに颯爽《さっそう》と走っていった。取り残された俺をバカにするみたいに、ピロリ、ピロリ、と揚げ物が揚がった音がなった。

◇

乗って帰れるはずの自転車を降りて、わざわざ押して帰り道を歩く。

「はぁ、疲れた……」

「大丈夫ですか？　先輩」

「誰のせいだと思ってるんだよ……」

「ははは、やっぱり先輩はからかい甲斐《がい》がありますね」

横ですっかり開き直る舞原《まいはら》さん。ちなみに帰り道というのは舞原さんの帰り道だ。舞原さんは俺とシフトが被《かぶ》った日、いつも俺に家まで送らせてくる。女の子一人の夜道が怖いらしい。

「てかなんでいつも俺に家まで送らせるの？　他にも男性スタッフいるよね？」

「もう、先輩？　仕事終わりでお疲れの人にわざわざ自分を家まで送らせるほど、あたしも鬼畜じゃないですよ？」

「うーん、その理論でいくと舞原さんは鬼畜なんじゃないかな」

舞原さんのボケにツッコむと、舞原さんは笑ってからまじめなトーンで答えた。

「だって、先輩がいいんですもん」

「俺がいない日はどうしてるの？」

「一人で帰ってますよ？」

「なんで俺だけ……？」

「わかんないですか？」

俺が答えない間、自転車のチェーンがチチチ、と空回りする音が夜の静寂に響く。

……いや、ないない。

俺は頭に浮かんだ答えに首を振って、ひとまず代わりの回答を適当に宛てがう。

「頼みやすいから……とか」

「おぉ、あながち間違いじゃないですね」

「なんだ……」

当たっちゃったよ。さっきのラブコメ主人公っぽい葛藤ナシにしてくれ。

「でも、本当に迷惑だったら言ってくださいね」

進行方向を見たまま、虚《うつ》ろな笑みを浮かべて舞原さんは続けた。

「家まで送るのも、あたしに仕事を教えるのも」

普段冗談ばかり言ってからかってくる舞原さんにしては神妙な面持ちだった。いつも明るく振る舞っているから、あんまり失敗とか気にしてないのかと思ってたけど、そりゃ多少は心に引っ掛かるもんだよな。俺だって初めはそうだった。

「そりゃまあ、大変だけどさ……でも迷惑だなんて思わないよ。舞原さん、一生懸命なの伝わるし。前向きに頑張ってる舞原さんのことは素直に応援してる……よ？」

舞原さんがこっちを向いたのが間接視野でわかって、思わずドキッとしてしまう。

「……先輩、もしかして、あたしのこと好きですか？」

「ち、違うよもう！　舞原《まいはら》さんが落ち込んでるようなこと言うから柄にもなく臭いこと言ってあげたのに！　からかわないでよ！」

「あはははっ！」

「全くいっつもいっつも……」

やっぱり舞原さんは舞原さんだ。でも、俺を手のひらで転がすことを心から楽しんでいるようなその混じり気のないいつもの笑顔を見て、少し安心した。

そして舞原さんの家にゴール。ファミリアから徒歩十分の小綺麗《こぎれい》なアパートだ。

「……まあその、俺はこれからもまじめに仕事教えようと思ってるから、少しでも真剣ならなんでも聞いてよ」

「わかりました！　これからも先輩のこと、おちょくっちゃお♪」

「それはやめて……」

「じゃあ先輩、またバイトで！」

「う、うん。じゃあ、うぉっ……」

俺が手を振ろうと手を挙げると、舞原さんは自分の手と俺のその手を合わせて掴《つか》んできた。女の子特有の柔らかさとか、やけに熱っぽい体温とか、女の子相手に尻込みする俺を捕まえるみたいな力加減とか、普段女の子と触れ合わない俺にとって、一つ一つの感覚が刺激的だった。

「えへへ、やっぱり先輩、ウブですね♪　可愛《かわい》い♪」

上手《うま》い返しが出ず、「じゃあ！」と、舞原さんが家に帰る背中を呆然《ぼうぜん》と見つめる。

舞原さんにその気がないのはわかっている。これが俗に言うあざといなのだ。

でも、わかっていても、ドキドキしてしまうものはしょうがない。

単純だなぁ、俺って……。

6話　「いやいやていうか、お前ら早く結婚しろよ……」

「ねえお兄ちゃん？　舞原《まいはら》さん、今日もいつもと変わらなかった？」

　バイトから帰ってきて俺が遅めの晩ご飯を食べていると、目の前で受験勉強をする恵麻《えま》が唐突にそんなことを聞いてきた。

「ん？　まあ、いつも通りしっちゃかめっちゃかで――」

「いや仕事の話じゃなくて。舞原さん、今日もお兄ちゃんにくっついたりしてた？」

　恵麻はよくバイト先に俺を覗《のぞ》きに来るため、過去に俺が舞原さんにからかわれている姿も何度かしっかり目撃されている。

「え、まあ……な、なに？　何がそんなに気になるの？」

「いや私ね、舞原さんって実はお兄ちゃんのこと狙ってるんじゃないかなって思ってんだよね」

「ええ……？　そんなわけないじゃん……そりゃ何かと絡んではくるけど、でも舞原さん、他の人とだってすごいコミュ力で喋《しゃべ》ってるし、そもそもあんなに可愛《かわい》い子がわざわざ俺みたいな陰キャオタクのことを狙う道理がないよ」

「はぁ、全く……相変わらず、お兄ちゃんは田中莉太《たなかりた》だから陰キャなのか、陰キャだから田中莉太なのか……」

「なにその質《しつ》の悪い呪○廻戦みたいなやつ……」

理解に苦しんでいると「もう、鈍感なんだから……」と、恵麻は頭を抱えた。

「ま、それだけだから。じゃあ私寝るね」

「ええ……？」

恵麻は自分の気が済むと、勉強セットを持ってさっさと部屋に引っ込んでいった。

……なんだったんだ？

ご飯が済んで部屋に戻り、今度はタンスからパジャマを取り出し、風呂の準備をする。

いつもからかってくる舞原さんが、あれを俺のことが好きでやっていたら、か……。

一瞬その場で固まって、俺はベッドにほったらかしていたスマホに目をやる。

「……」

俺はすぐさまスマホのメモアプリを開いた。

「山田《やまだ》先輩、ホントにウブなんだから。ちょっとあたしにくっつかれただけですぐ赤くなっちゃって」

「しょ、しょうがないだろ。女の子にこんなに近づかれることないんだよ」

「じゃあ山田先輩、こういうのも初めて――？」

そう言って可憐《かれん》は、俺の手に指を絡め――

うおぉぉぉぉぉぉ！　捗《はかど》る！　捗るぞ！　イマイチどう動かしたものか悩んでいた後輩ヒロインのエピソードが捗るぞぉぉぉぉぉ！

◇

一から舞原《まいはら》さんに仕事を教え直し始めて一週間ほど。少しずつではあるけど、舞原さんはバーガー作りをマスターしてきている。ちなみに俺の小説の中では、この一週間で後輩キャラがヒロインレースでトップに躍り出て来てしまった。これは調整しないと……。

日曜夜の出勤。厨房《ちゅうぼう》は俺と舞原さんと小山《こやま》くんの三人だ。

午後八時半、退勤三十分前。いくらあの舞原さんがいると言えど、この時間帯ともなれば客も減り、落ち着いて仕事が出来る。

このまま何もなく退勤出来ることを祈っていると……。

「アチッ」

「大丈夫？　小山くん」

「あぁ、うん。火傷《やけど》した」

小山くんは、グリル機に付着した焦げカスが手に引っ付いて火傷したらしい。

「冷やしてきた方がいいよ」

「でも今俺がここ離れたら田中《たなか》、スタッフの中で男一人になるじゃん」

「平気だよ。ストックも間に合ってるし、お客さんも少ないから」

「いや、女の子を独り占めされたくない」

私情かよ。

「そんなこと言ってる場合じゃないって……ほら、なんかどんどん水ぶくれみたいになってきてるよ」

「う、うーん……しょうがねえ。頼むわ」

小山くんは担当に回っていたグリルを離れ、手当てしに事務所に戻った。

「大丈夫ですかね？　小山くん」

舞原さんが心配そうに小山くんの背中を見送る。

「ああまあ……酷《ひど》くはなかったし大丈夫だとは思うよ。痕が残らないといいんだけど」

ちょうどそのタイミングだ。

「先輩、なんかフロア騒がしくないですか？」

「確かに。何かあったのかな？」

客の騒ぎ声が厨房まで聞こえてくる。それも少し賑《にぎ》わってきた喧騒《けんそう》とか、そういう感じでもなかった。明らかに、「きゃあ！」とか、「カッコイイ！」とか、なんだか黄色いタイプの声だ。

その折、オーダーが入る。

「あ、オーダー入りました先輩！　バーガーワン、チーズワン、ダブチワン、テリワン……せ、先輩オーダーがいっぱいです！」

「う、うわなんだこれ。こんなの今までで初めてだ……。っていうかこれ……」

察したタイミングで、美咲《みさき》さんがなにか、ウキウキとした顔でカウンター側から厨房《ちゅうぼう》に顔を出す。

「やばいよみんな！　って、あれ、二人だけ？」

「あ、はい、小山《こやま》くん火傷《やけど》してて……ってそれどころじゃ！」

「今ね！　YouTuber の〈モリタベチャンネル〉がうちに来てるの！」

「誰……？」

「え、やば！　モッパン系の YouTuber ですよ！　ほら、大食いの！　へえ！　あの人この辺の人だったんですかね！」

どうやら舞原《まいはら》さんも知っているようだった。……って、

「いや感心してる場合じゃない！　も、もしかしてこの注文、その人の……？」

そう、俺が絶句した注文一覧の画面には——ファミリアのバーガー全種類の名前が表示されていたのだ。

「こっちもドリンクとか色々作ってるところだけど……厨房、二人で大丈夫？」

美咲さんも心配する。どうしよう、ダメだ！

店長は今クレーム対応の電話で不在。火傷している小山くんを呼ぶことも出来ない。カウンターにはオーダーを受けた美咲さんと、厨房の仕事が出来ない女性スタッフしかいない。

「お、俺達《たち》二人でやるしか……」

食料のストックは元々この時間帯をやり過ごすほどの量しか作っていない。俺が担当していたフライは大丈夫だとして、小山くんが担当のグリルの方は全メニューを作るにはパティが数枚足りておらず、俺が焼かなければならないだろう。

「ど、どうしよ先輩……！」

舞原さんが俺を頼る。でも俺がパティを焼くその間、舞原さんには一人でバーガーを作ってもらうしかない。舞原さんに務まるか……？

絶望に打ちひしがれていると、舞原さんの心配そうな顔が目に入る。……いや、そうだよな。舞原さんは悪くないのに。

この子は俺の後輩で、俺はこの子の先輩だ。先輩の俺が焦《あせ》ってどうする。元々無茶《むちゃ》な注文なんだ。この際、失敗の責任は全部俺一人で負ってやる。

「舞原さん、俺、今からパティ焼かないとだから、少しの間だけバーガー作るのお願い。

自分の出来るバーガーから順番に作っていって」

「そんな！　あたし一人でなんて！　また失敗しちゃったら……」

「舞原《まいはら》さん、大丈夫」

「で、でも……」

「舞原さん、この一週間俺と一緒にずっと頑張ってきたでしょ？　百パーセント上手《うま》くやれとは言わないよ。でも今の舞原さんならきっと前より上手くやれる。もし失敗しても俺がなんとかするから、今舞原さんが出来る全力で仕事に向き合ってみて」

「先輩……」

舞原さんは少しだけ瞳をうるりと揺らせ「はいっ！」と大きく返事をした。

美咲《みさき》さんは俺達《たち》を信頼してくれたのか、サムズアップして仕事に戻った。

「よ、よし……！　頑張ろう！　舞原さん！」

「はいっ！」

舞原さんはバーガーを作り始めた。俺は急いで冷凍庫からパティのストックを持ってきて、素早くグリルの機械にかける。そして舞原さんのいるキッチンに戻った。

「舞原さん！　今どこまで出来た？」

「上四つは出来ました！　でも五個目失敗して今作り直してて……」

「わかった！　パティ焼き上がるまで少し時間あるから、舞原さんは残りのバーガーのバンズをトースターにどんどん入れていって！　俺作るから！」

「は、はい！」

舞原さんはすっかりバンズの種類を覚えていて、的確にバンズをトースターに放り込む。彼女なりに仕事と向き合っている証拠だ。

しかしここでオニオンが切れる。次から次にトラブルだ。

「舞原さんごめん！　オニオンが無くなっちゃった！　俺すぐ新しいの作るから、またしばらく一人でバーガー作って！　失敗してもいいから！」

「わわわ、わかりました！」

オーダーは現在半分クリア。俺はすぐ冷蔵庫からオニオンの入った袋と器になる角ポットを持ってくる。よし、これで大丈夫。

「先輩、パティが！」

「大丈夫！　ちょうど焼ける！」

俺は焼き終えたパティを急いで鉄板からトレイに移す。これで食材がオーダーに追いついた。

「すみません、あたしまた二つ失敗して！　パティの枚数間に合いますか？」

「うん！　多めに焼いたから心配ないよ！」

「先輩……！」

「もう大丈夫！　あとはバーガー作るだけ！」

そして俺達《たち》は、全てのオーダーを捌《さば》ききった。

◇

失敗したバーガーを抱えて事務所に入ると、先に戻って帰り支度を済ませた舞原《まいはら》さんが俺を待っていた。舞原さんは椅子から立ち上がり、俺に向かって深く腰を折る。

「せ、先輩！　あの、今日は本当にありがとうございました……！」

「い、いいってそんな……！　急に改まらないでよ……」

「でも、先輩がいなかったらあたし……」

舞原さんはいつになくそわそわして俺のことを見ている。やっぱりこの子、根はまじめなんだろうな。

奥でパソコン作業をする店長が舞原さんと俺のやり取りにほくそ笑んでいることに頭をかきながらも、俺は舞原さんの隣に座り、カウンターにバーガーを置いた。

「……これ」

「先輩のおごり……？」

「じゃなくて……今日失敗したバーガー三つ。山のように失敗してたあの頃と比べたら舞原さん、すっごく成長したね」

「先輩……！」

「……俺も一人じゃきっとあの大量のオーダーは捌ききれなかったよ。でも舞原さんが頑張ってくれたからなんとかなった。ホント心強かったよ。ありがとね」

「せ、せんぱぁい……！」

「うわぁッ！　ちょ、えぇ！　くっつかないでよ！」

「うぇーん！　だってぇ！　先輩優しいしぃ～！」

「ちょ……うぁ～……」

先輩として振る舞うべきところなのに、童貞としての俺が疼《うず》く……。俺が俺でいられるうちに離れてくれ舞原さん！　いや厨二《ちゅうに》風に言ってもカッコ悪いぞ俺……！

「先輩、あたし一生先輩について行きます……♡」

「いや、ただのバイトよ？　俺……」

「ただのじゃないです！」

舞原さんは俺の胸の中に収まって俺を見上げた。

「あたしにとって先輩は、ずっとずっと憧れです……！」

頬《ほお》を染めて、瞳を潤ませ言う舞原さん。そんな舞原さんの表情に、真っすぐな瞳に、俺は不覚にも目を奪われる。

ずっとってそんな、出会って一ヶ月《いっかげつ》くらいなのに、なんでだろう……？

「そ、そんな大袈裟《おおげさ》な……他にも仕事出来る先輩いるし……」

「先輩は、先輩だけ……♡」

い、いや待て落ち着け俺！　舞原《まいはら》さんはただ仕事をこなした俺を尊敬してるだけ！　俺じゃなくて俺の仕事ぶりをここまで評価してくれてるんだ！　間違ってもこれは、恋愛的な意味でも、男としてカッコイイ的な意味でもなんでもない！

なんて自分に言い聞かせていると、事務所の入口にさっきからずっと美咲《みさき》さんと小山《こやま》くんが立っていることに、俺はようやく気づく。

「こ、小山くんと美咲さん……！　いつから……」

「え？『あの、今日は本当にありがとうございました……』からだな」

「俺の背後にいたのかよ……。って、あ、いやその、これは違くて……」

あっけらかんと言う小山くんに続いて、美咲さんは肩を竦《すく》めた。

「いやいやていうか、お前ら早く結婚しろよ……」

「なっ……」

なんで美咲さんまでそのセリフを……！

なんという偶然。俺は唖然《あぜん》として、舞原さんにくっつかれたまま固まる。

「悔しい……田中《たなか》なんかが……。俺がその場にいれば俺だって……」

小山くんが悔しそうにしている。田中なんかって、小山くんに言われたくないな。

「い、いや本当に違うんですって。舞原さんはさっきのパニックを乗り切ったから安心してこうなってるだけで……」

「せぇんぱぁい、照れちゃってぇ～♡　かぁいい～♡」

あ、ダメだ。変になってる。

俺はなんとかまた美咲さんの誤解を解こうと試みるも、美咲さんはなんか一人で「そうかぁ、そういうことかぁ」と何かに納得して取りあってくれない。

「楓《かえで》ちゃんはうちの男スタッフに大人気だから、取られないようにしなよ？」

「だから、そういうんじゃないですって！　とにかく帰ろう！　ほら舞原さん！　どうせ今日も家まで送って欲しいんでしょ！」

「一緒に帰るなんて、ますます夫婦じゃん」

「これ以上話をややこしくしないでください！　じゃあ俺着替えるんで！」

更衣室に閉じ籠《こも》る時、後ろから美咲さんの「簡単な話だと思うけどなぁ」という声が聞こえたが、俺は聞こえないフリをした。

◇ 舞原楓《まいはらかえで》 ◇

ファミリアに属す前まで、楓は非行少年達《たち》とよくつるんでいた。楓の素行も当然、良くなかった。

もちろん高校に進学して楓のような女子は一人もいなかった。本当は非行に抵抗感があったものの、当時の自分を捨て皆と同じに染まることにもまた躊躇《ためら》いがあった。

成長期の揺らぐ感情が災いし、楓は通っていた高校に馴染《なじ》めず、孤立し、次第に欠席が増え、今となっては不登校になってしまった。

そんな時期のこと。いつものように良くない仲間とファミリアで集まっていた日。

バーガーを食《は》んでいた一人が突として顔を顰《しか》めた。ピクルス嫌いの貴也《たかや》のバーガーにピクルスが入っていたらしく、フロアのバイトスタッフを呼び止め貴也は激昂《げきこう》。

「おい、ピクルス入ってんだけど。どういうこと？　抜きで注文したぞ俺」

「あの、私が作ったわけではなくて……」

「なら作ったやつ呼べや。お前が作ったかどうかなんて聞いてねえから」

「すみません……今呼んで参ります」

ほどなくして、店長の花子《はなこ》が謝罪に来た。

「大変申し訳ありませんでした」

「申し訳ありませんでしたじゃねえだろ。こっち金払ってんだぞ？　金返せよ」

「申し訳ございません。返金は出来ない決まりになっておりまして。その代わり、ピクルス抜きのバーガーをもう一点用意させていただきますので」

「はぁ？　こっちは嫌いなもん食わされてんだ。金返してタダでバーガー寄越《よこ》せ」

「金返さねえはやべえだろｗｗｗ　貴也やっちまえーｗｗｗ」

「やばすぎｗｗｗ　面白くなってきたぞ～ｗｗｗ」

同調するグループの中で、非行を心疚《こころや》しく思い始めていた楓だけはこのグループを俯瞰《ふかん》することが出来た。自分達に集まる店中の視線が嫌悪に満ちていたことに、自分達のグループが非常識な行動を取っていることに、心が変化し始めていた楓だからこそ気づいていた。

自覚する。ああ、自分はこんなに醜いところにまで至ってしまっていたのかと。

後悔した。しても遅いのに。

その時。

「ちょっと田中《たなか》くん！　今はダメ！」

「すみませんッ……！」

「……あ？」

　そこに現れた一人の小柄な少年。止める美咲《みさき》を振り切って登場した当時新人スタッフだった田中莉太《たなかりた》に、全員がポカンと口を開けた。

「お、おい田中！　お前、出てこなくていいって言ったろ！」

「すみませんでした……ぼ、僕なんです……ピクルス抜きのバーガーにピクルスを入れてしまったの……」

「あっそう」

「はい……ほ、本当にすみませ——うわっ」


　——ジョバ。


　貴也《たかや》は莉太の頭にコーラを被《かぶ》せた。

「はい、お礼〜。ピクルスありがと〜」

　コツンと空っぽのコップが莉太の頭に落とされた。頭に溶け終わりの氷が乗っかり、濡《ぬ》れそぼってしまった莉太は冷たさで震える。誰が見てもやり過ぎた行動だ。

「二度と来ねえからこんな店」

　貴也はそうして風を切るようにして店を歩いて出て行く。まるで英雄でも気取っているかのよう。その格好悪さに楓《かえで》は寒気を催した。

しかし、友達《ともだち》も続いて席を立つ。

「貴也最高ｗｗｗ　めっちゃスカッとしたｗｗｗ」

「あの陰キャ超キョドってたよねｗｗｗ　ずぶ濡れウケるｗｗｗ」

「――ほら、楓も行こ」

楓はいつもの友人の誘いをその場で拒めなかったのだ。

そして楓はその後少しして、友達と解散した後に良心の呵責《かしゃく》に耐えられなくなり、店に直接、一人で謝りに行ったのだ。パーカーを着て、フードを被って、出来るだけ自分の姿を隠し、他の客にさっきの人だと思われないようにして――。

「(卑怯《ひきょう》だなぁ、あたし)」

そう思いながらも店に着いた。さっきまで自分達《たち》が座っていた六人がけテーブルを、一人、ベトベトの制服のまま清掃している小さなスタッフの姿が目に入る。

「……あの」

「はい？」

莉太はすぐには気づかなかった。当然だ。姿を隠しているのだから。

「さ、さっきの騒ぎを起こしたヤツの……その、友人です」

もうあれの友人と名乗ることにも嫌気がさすほど、さっきの出来事は激烈に楓の後悔を煽《あお》った。

「えと、友人が酷《ひど》いことしてしまってごめんなさい……」

道を外してきた楓《かえで》にはこういう時の言葉遣いがわからず、楓は拙く謝る。

だけど莉太《りた》は、そんな楓に優しく朗らかに笑った。

「わ、わざわざ謝りに来てくださったんですね……！　あ、ありがとうございます！　でも今回のことは本当にミスした僕が悪いんです。すみません。まだバイト始めたばかりで……って、こ、こういうのも言い訳がましいですかね！」

「そ、そんな。あたしは全く気にしてないし……」

「……お客様はお優しいですね。なんだか少し励まされました……失敗ばっかりで萎えてたところだったので……あはは……」

何度も人を傷つけ、何度も悪いことをした。親に、学校に、反発して生きてきた。

そんな自分のことを、莉太は怒らずに褒めてくれた。

優しいのは、自分ではない。彼だ。

「じ、じゃあそれだけなので、あたし帰りますね……」

「あ、あの！」

「はい……？」

「……僕がミスしただけで、このお店のスタッフはみんないい人達《たち》ばかりなので、もし気が向いたらまた来てくださいね」

莉太のその微笑《ほほえ》みに、絆《ほだ》されないわけがなかった。

その後また一から歩み出した楓は、晴れてこの店のスタッフの一員となった。

◇

楓は家に帰ると、まず明かりをつける。夜は家に誰もいないからだ。

せっかく楽しいバイトだったのに、家に帰ってくると、その静けさのせいでいつも熱が冷めてしまう。

ソファに背を預け、莉太のことを思い出すと、心が温かくなった。

「今日も気づきませんでしたね、先輩。ホントにウブなんだから」

莉太を見ていると、可笑《おか》しくて笑ってしまう。莉太に大丈夫だと言ってもらえると、安心してしまう。莉太に褒められると、明日《あした》も頑張ろうと思える。

莉太のことを考えると、胸が温かくなる。

「先輩、好き……」

◇　田中莉太《たなかりた》　◇

家に帰ってきてベッドに仰向《あおむ》けになった俺は、ぼんやり天井を眺めた。さすがに三回も同じことを言われると、否《いや》が応《おう》でも必然なような気がしてしまう。

金川《かながわ》さんも、恵麻《えま》も、美咲《みさき》さんも、どうかしてる。

俺みたいな陰キャとあんなに魅力的な女の子達《たち》が、釣り合うわけがないのに。

これは物語ではなく、現実。

女の子が好きになる男は、より顔が良くて、男らしくて、能力があって、頼りになって……そんな要素が俺に一つでもあれば、まだ納得出来たかもしれない。

でも俺は顔も良くない。勉強も運動も出来ない。男としての尊厳も、自信も、プライドもない。空想だけが友達《ともだち》の、誰と仲良しでもないボッチ。

「……俺が将来あの子達の誰かと結婚とか、うーん、ないよなぁ」

ため息と同じタイミングでスマホが光る。

『今日の最新話も面白かったよ。みかん氏』

顔も名前も、住んでいる場所も知らないネットの友達《ともだち》、〈飴《あめ》ちゃん〉からのＤＭ。きっと、〈みかん氏〉こと俺が投稿したウェブ小説の最新話のこと。

そう、そして事件は起こった。

俺は自分のウェブ小説の感想欄に寄せられた、あの愛の告白文を目《ま》の当たりにする。

——あの中に一人だけ、本物の俺のヒロインがいる。

もう一度確認のために言っておこう。

これは、ラブコメが大好きなだけのただのオタクの俺が、奇《く》しくも、まるでラブコメのような展開に振り回され、

——やがて、本当に一人の女の子と結婚するまでの一連の騒動の話である。

7話「あの三人のうちの誰かが、マジで俺のヒロインってこと……？」

――お前ら早く結婚しろよ。

見るからにお似合いなのに一向にくっつく気配のないじれったい二人に向ける、ラブコメにおいてもよくあるツッコミだ。ただそれはあくまで客観的な事実に基づく発言であり、言葉を受けた本人達《たち》の気持ちや現状とは一切関係ない外野の声。その対象がもし、ボッチ、オタク、陰キャの三拍子揃《そろ》った青春敗北者の俺と、さながらラブコメのヒロインのような美少女達だったとしたら、ましてや結婚だなんて、俺も彼女らも真に受けるはずがない。

……と、思っていたのだ。

一夜明け確認しても、俺のウェブ小説の感想欄には俺への告白文が綴《つづ》られていた。

『田中莉太《たなかりた》くんへ

あなたのことがずっと前から好きでした。

「お前ら早く結婚しろよ」と言われたこと、これから本当にしませんか？』

めちゃめちゃ本気にしてるヤツおるーッ！

……いくらなんでもぶっ飛びすぎでしょ。いきなり結婚？　俺達まだ高校生よ？

大体、こんな色々問題だらけの告白に俺はなんて答えればいいのか……。いや、ていうかそもそも――

――誰なんだ。この俺のことが好きって言う女の子は。

何度見てもユーザーネームには〈C〉とあるのみ。肝心の送り主の名がないのだ。

マジ誰よこの〈C〉っての。これがわかんない限り返事のしようがないのよ。三人の中に誰も頭文字にCを含む名前の子はいないし、イニシャルではなさそうだけど。

「あ、お兄ちゃん、起きてたんだ。珍しいね。せっかくメグ連れてきたのに」

「え、あぁ……うん……」

「……お兄ちゃん？」

「な、なんでもないなんでもない！　おはよ。ご飯だよね。今行く」

「うん？　おはよう？」

顔を伏せながら恵麻《えま》の横を通り過ぎてリビングへ向かう。恵麻には言わないでおこう……胡桃《くるみ》の肩持つに決まってるし……。

とにかく学校だ。そしたら何かわかるかもしれないし。

顔を洗っても、ご飯を食べてもイマイチ頭は冴《さ》えない。代わりに胸やけみたいな妙なモヤが心に立ち込めて気分が晴れない。

ぼんやりする頭を振り朝の支度を終えて家を出ると、

「……あ、胡桃」

ちょうど胡桃と出会《でくわ》した。

「莉太《りた》……偶然ね。最悪よ朝からキモオタの顔見ちゃうなんて……ていうか、今日はいつもより出る時間早いのね？　あ、恵麻ちゃんは──」

なんか胡桃はペラペラ早口で喋《しゃべ》ってるけど、内容が全く頭に入ってこない。それよりも気になって仕方がないことがあった。

──この子、俺のこと好きかもしれないの!?

嘘《うそ》でしょ？　普段俺のことキモオタだなんだって詰《なじ》ってくるのに？　話しかけてもツンケンしてるのに？　もしかして、本当は肉じゃがも水着も俺のために？

かかか、可愛《かわい》すぎるッ!!!!!!

「……あれ、莉太？　どうかした？」

胡桃は不思議そうに顔を近づけてくる。瞬間、俺の頭の中でウェディングベルが鳴り響き。胡桃の顔を覆うベールを捲《めく》る妄想が頭を過《よぎ》る。

『小さい頃からずっと一緒にいた莉太と結婚だなんて、夢見てるみたい……』

『俺もだよ。今までずっとそばにいてくれてありがとう』

『ううん、今までだけじゃない。これからもよ、莉太』

そして、誓いのキスを──。

……エモすぎんか。激エモなんだが。もはやエモ通り越してエロですらある。

「おーい、莉太《りた》ってば」

「え！　い、いやなんでも!?　あ、俺みたいなキモオタと一緒に登校したらみんなに色々言われちゃうよね！　俺先行くから胡桃《くるみ》は時間空けて来なよ！　じゃ！」

「え!?　ちょ、ちょっと!?」

やばい、〈C〉が本当に胡桃かどうかもわからないのに、もしそれが胡桃だったらと思うと愛《いと》おしすぎてまともに顔見れない……。

俺はとりあえず胡桃から遠ざかるために走ってエレベーターのボタンを押すが、待っていられなくて階段を駆け下りて駐輪場に向かった。

しかし、登校中も告白文のことが頭から離れない。

もしあの人気者の竹内《たけうち》さんが〈C〉だったら……？

同じ委員会に立候補してくれたことも、水やり一緒にやりたがるのも、お菓子分けてくれるのも、友達《ともだち》との菓子パじゃなくて海浜清掃を取ったのも、同じ部屋で着替えることを許してくれたのも、最近色々誘ってくれることも、全部俺のことが好きだから？　しかも俺も竹内さんと一緒にいる時間が好きで、竹内さんのことを尊敬してて、もちろん竹内さんを女の子としても意識してて……？

そして、

「た、田中《たなか》くん！　おはよう……！」

「た、竹内さん!?」

なんという偶然か。下駄箱《げたばこ》で竹内さんと出会ってしまった。

竹内さんは俺を見つけると、パッと顔を明るくして駆け寄ってくる。

「あのあの、あのね……！　田中くんに言わなきゃいけないことがあって……！」

竹内さんは少し照れ混じりに、ぽてっと赤らんだ頰《ほお》をして、何か必死に伝えようとしている。え、ちょ、可愛《かわい》い、死ぬ。

そして、例のごとく花嫁姿の幻影が。


『大好きだよ、田中くん♡』

『あはは、これから竹内さんも田中になるんだよ？』

『そっか！　えっと……莉太くん♡　ていうか、そっちもでしょ！　もう』

『ああ、そうだった。――柚璃《ゆずり》』

『莉太くん……♡』

甘ぁぁぁぁぁぁぁぁぁぁいッ！

「田中くん……？」

「あっ！　たたた竹内《たけうち》さん！　おおおおはよう！」

「え？　あぁ、おはよう？」

「じゃ、また明日《あした》！」

「え⁉　おはようしたばかりなのに⁉」

「ごめん！　家の用事思い出した！　教室先に行ってるね！」

「今家の用事関係あったかな⁉」

俺は自分でも訳の分からない御託を並べて、その場から逃げ去った。

やっちゃった。考えてみたらあの二人が〈C〉である可能性があるのと同じで、あの二人が〈C〉じゃない可能性もあるんだった。平常心、平常心。

だけど放課後にバイト先のファミリアに到着すると、そうも言ってられず。

「せ～んぱいっ♡」

はい～。可愛《かわい》い。

俺が出勤して間もなく、飼い主の帰りを待っていた子犬のように俺の周りでぴょこぴょこする舞原《まいはら》さん。

今のこの瞬間だけじゃない。舞原さんはずっと俺が出勤すれば必ず駆け寄って嬉《うれ》しそうに楽しそうに話しかけてくれた。その度にスキンシップを取ってきた。仕事だって俺に教えて貰《もら》いたがるし、いつもてこてこ俺の後をついてくるし、家に送るのも俺に頼む。これがもし全部、俺のことが好きだからだったら……。

『先輩、「早く結婚しろよ」ですって……♡　これからホントにしませんか……？』

『俺は……俺はぁ……』

純白のドレスに身を包む舞原さんに迫られ、横で牧師に問われる。

『ヤメルトキモスコヤカナルトキモ、バイトイソガシイトキモ、エイエンノアイヲチカイマスカ？』

…………誓う☆

「先輩……？　なんか顔赤くなってますね。大丈夫ですか……？」

「んにゃ!?」

舞原さんはしなやかな手をすりりと俺の頬《ほお》にあてがった。女の子のひんやり感が、自分の頬が熱いだけに余計鮮明に感じられる。

「あの、今日体調悪いから帰る……」

「えっ!?　せ、先輩!?」

◇

なんの進展もなかった一日が過ぎ、翌日の学校。俺は自席で一人——

……うわぁぁぁ結婚したいよぉぉぉッ！

——至極邪《よこしま》な欲望と叶《かな》わぬもどかしさに悶絶《もんぜつ》し、胸中にて叫喚する始末であった。

あの三人のうちの誰かが、マジで俺のヒロインってこと……？　幸せ者すぎる……。

とりあえず返事は決まりました。あまりに早まった結婚の提案はともかく、好きと言ってくれた気持ちには前向きに応えさせていただきたい所存でござる。

ただ、俺と結婚するつもりのあわてんぼうの女の子はすぐそばにいるのに、俺は未《いま》だその返事を出来ずにいた。

あの三人の中に〈C〉がいるとわかっていながら、それでいて昨日、片っ端から確認して回ることをしなかったのには理由がある。

お前ら早く結婚しろよと言われたこと以外に、彼女のことでさらに考慮しなければならないのが、彼女が俺の小説を知っているという点。

——読まれた？　あれを？

瞬間、俺が執筆するラブコメの数々の山場が頭をよぎる。

『山田《やまだ》くんはいつも優しくてカッコイイです。世間体なんてどうでもいい。だから自信を持ってください』

『別に、奏太《そうた》のためじゃないんだからね！』

『じゃあ山田先輩、こういうのも初めて——？』

うわあああああああ読まれたあああああああああッ!!

イタいよ！　イタすぎるよ！　てかキモい！　次元超えてキモい！　いくら現実で振り向いて貰《もら》えないからって妄想で勝手に自分のものにするのは良くない！

幸い小説を見られた子はそれでも俺のことが好きだと言ってくれる女神のような子なわけだが、あのイタ小説が絡んでいる以上、当てずっぽうで返事をして不正解でしたなんてことは許されない。小説を見た上で俺のことが好きな〈C〉本人はともかく、もし〈C〉じゃない子に感想のことを話してしまうと、

『もしかしてこの小説の感想、キミ？』

『え？　知らない。てか、こんな小説書いてんだ。あれこれ、もしかして私？』

『え、あぁ……いや、その……』

『うわ、キモ……』

……大惨事になること請け合いだ。このため、片っ端から聞いて回る手っ取り早い方法はNG。探すなら慎重にだ。

そうだ、手がかりと言えば……！

俺はいつものSNSを開き、一昨日《おととい》の飴《あめ》ちゃんとのやり取りを見返した。

『すごいことになってるね、田中莉太《たなかりた》くん』

『ああ、飴ちゃんも見たんだ……。本名バレちゃった』

『どういう状況？』

ネット友達《ともだち》の飴ちゃんには、この流れで三人との『お前ら早く結婚しろよイベント』のことと、その告白文の話をした。さすがに恋愛経験のない俺一人で、この一連の事件の謎を解くことは出来ないとみてのことだ。

『要はラブコメが大好きな莉太くんに、本当にラブコメ展開が訪れたんだね』

『そういうこと』

『それで、莉太くんは誰と結婚するの？』

『いや、三人のうち誰かが俺のことを好きっていう話で、三人が俺のことを好きって言ってるわけじゃないよ？　相手は選べない。あとペンネームで呼んで』

『ああ、そうだったね、莉太くん』

『……まあいいや。で、俺はどうしたらいいかな』

『告白の返事』

『俺だって返事したいけど、この子が誰なのかすらわからないんだよ……』

『ちなみに、返事はどうするの？』

『そりゃ俺みたいな陰キャオタクのことを好きになってくれたんだもん。こんなチャンス他にないし、お付き合いから始める感じでＯＫするつもりだけど……』

『相手が誰だったとしても？』

『なんかその言い方だと俺が軽い男みたいじゃん……』

俺は訂正するつもりで続けた。

『一応言っとくと、女の子なら誰でも良《い》いってわけじゃないからね。こんな俺のことを好きだって言ってくれたその子だからこそだよ。これでも超真剣』

『そっか。良い判断だよ』

『それで、飴ちゃんはどう思う？』

『どうって？』

『飴ちゃんから見て、さっきの話を聞いてみた上で三人の誰が俺のことを好きそうかわからない？』

『うーん、エスパーじゃないからそこまでは読めないけど、一応感想の送り主を見分ける簡単な方法ならあるかな』

『マジか！　あるなら教えてくれ！　飴ちゃんの力が必要だ！』

『飴ちゃん？　飴ちゃん《様》な？』

『……飴《あめ》ちゃん様。教えてください』

『なんて？』

『飴ちゃん様！　この陰キャオタクのボッチの私に恋愛のことを教えてください！』

『うい』

今見ても腹立つな。

そして肝心の、飴ちゃんがくれたヒントのメッセージを見返す。

『簡単だよ。Cはキミのことが好きなんだろ？　なら日頃の態度で一目瞭然だよ。きっとキミが好きでしょうがないというオーラがあからさまに出ているはずさ』

なるほど、好意的な態度かと、俺は日頃の三人のことを思い返す。

『ゆず、田中《たなか》くんとの委員会、好きだもん……』

『見たいんでしょ……？　脱ぐから、待って……』

『あたしにとって先輩は、ずっとずっと憧れです……！』

いや全員俺のこと好きだろ。（大マジメ）

ダメだ、全員俺のことを好きなんだとしか思えない。なんて自意識過剰なんだ俺は。あんなの全部リア充からしたら当然の女子の反応かもしれないのに。

ひとまず今までの出来事で判断がつかないなら、これからもう少し関わって見極めるしかないな……。

「なあ、田中」

自席で頭を抱えていると、視界が人影で暗くなる。

――そこにいたのは、うちのクラスの男子リア充軍団だった。

「お、俺……？」

「は？　お前の他に田中いないだろ」

割といるけど……。

その筆頭、クラスの男子の中核である佐野正樹《さのまさき》くんが一歩前に出る。わ、わかってますよ。このクラスにって意味ですよね。はは、殺さないで。

「お前さぁ」

あれ、リンチされるのかな。俺なんかしたっけ。それともパシリ？　まあ手懐《てなず》けやすそうではあるよね、俺。

佐野くんはスラックスのポッケに手を突っ込んで早速本題に入った。

「金曜の放課後、帰りに女子も誘ってみんなで三ノ宮《さんのみや》のラウワン行こって話してんだけど、お前来る？」

何がどうなったらそこに俺を誘おうってなるのッ!?

「え、え？　なんで俺なんか誘ってくれるの……？　色々唐突じゃない……？」

俺は固まって、その場にいたリア充男子五人の顔を見た。全員もれなく背が高くて、異様に迫力がある。

佐野《さの》くんは「んあ～」と、面倒《めんどう》そうに話す。

「なんかお前、竹内《たけうち》の遊びの誘いめっちゃ断ってるらしいじゃん」

「い、いやそれは……あはは……」

お前らが怖いからだよッ！　とは言えず、ヘタクソな愛想笑いで誤魔化《ごまか》す。

「竹内が落ち込んでたぞ。『ゆずが誘っても断られる～』ってよ」

「えっ、竹内さんが……？　ホントに？」

「おう、言っとくけど結構凹《へこ》んでんぞ。だから男子から誘ってあげたら来るかもって。俺は別に無理して誘うもんでもねえと思ったんだけど、竹内とか他の女子が田中《たなか》誘わんならラウワン行かんとか言い出してよ……だからまあ、仕方なくって感じ」

佐野くんは肩を竦《すく》めた。仕方なくってなに？　喧嘩《けんか》売ってます？　買わないよ？

「で、行くの？　行かねえの？」

そ、その感じすごく参加しづらいよぉ。

でも待て俺。リア充に馴染《なじ》める気はしないけど、これは竹内さんが〈C〉かどうか確かめるチャンスだぞ。今までは断ってきたけど、今回ばかりは行くべきじゃないか？

「じゃ、じゃあ行ってもいいかな……？」

8話 「なにあいつ、合コンの神かなんかなの？」

◇ 竹内柚璃《たけうちゆずり》 ◇

昼休み。

「ほわぁ……」

「ゆずりんってば」

自席でぼーっと天井を見つめていた柚璃を、千代《ちよ》が気にかける。

「……はっ！　ご、ごめん……ちょっと考え事してて……」

「まあ、付き合いたいと思ってる相手に一人が好きとか言われちゃあね……」

柚璃は自分の机に突っ伏して、千代はその背中を摩《さす》ってあげる。ちなみに莉太《りた》はトイレか購買か、教室にいない。

「挙句の果てには、話しかけたのに逃げられたんだって？」

昨日の朝、下駄箱《げたばこ》でのことだった。自身を見た瞬間のあの動揺っぷり、あれは確実にただ事ではなかった。

「ひょっとしてゆず、田中《たなか》くんに嫌われちゃったのかな……？」

「いや、んなことないと思うけど。ま、クラスの端っこにいるような大人しい子だし、女の子に言い寄られるとびっくりしちゃうんじゃない？」

「あぁん！　田中くんに嫌われちゃったらゆず、もう生きてけないよぉ！」

「あの程度の男に嫌われるくらいで死なないで欲しいな……」

「うぇ、なに～？」

「いや別に……とりま、男子がラウワンに田中くん誘ってくれるって言ってたし、気長に待とうよ」

遊びの誘いを断られ続けた柚璃は、己が女子だから話に乗って貰《もら》えないのではと、莉太は男子メンバーに友達《ともだち》がいないから行く気になれないのではと、考えた。

その結果として、次の集まりが決まった一昨日《おととい》、そこに莉太を誘うよう男子に頼んだのだ。最初は『なんであんな奴《やつ》を？』と反対されたが、『そんなん言うなら遊ばない』と柚璃が言うと、男子はやむ無しと折れた。三組の男子は普段こそ柚璃をからかったりしているものの、本当は大半柚璃のことが気になっていて、あわよくば……と、淡い期待を抱いている。もっとも、当の柚璃は天然故それを知らないが。

「でも……一人が好きって言ってるのに、来るかな……」

「さあ……そもそも普段誰とも関わる感じじゃないしね……。あ、佐野達《さのたち》だ」

「あ、竹内～、そういえばさぁ～」

自動販売機から帰ってきた佐野が開口一番、柚璃に伝言をする。

「田中《たなか》、金曜ラウワン行くってよ〜」

「「えぇぇぇぇッ……!?」」

◇ 田中莉太《りた》 ◇

兵庫県神戸市《ひょうごけんこうべし》。日本でも五本の指に入るであろう港町である神戸は、海沿いを中心に栄えている。三ノ宮《さんのみや》は市内でもその最たる街だ。外国人の居留地としての名残で、西洋風の建物が並ぶオシャレな街並みが特徴的。観光スポットとしても人気だ。

その三ノ宮駅から徒歩数分のラウワンに、俺達《たち》は男女五対五の計十人で来た。

ボウリング、カラオケ、ビリヤード、ダーツ、ゲームセンター。あらゆる娯楽が集うアミューズメント複合施設にて、俺達は最初、ボウリングをやることになった。

受付中、俺はさっき学校の最寄り駅から乗ってきた電車内のことを反省する。

……竹内《たけうち》さんと全然話せなかった！

ボッチの俺を気遣ってのことか、佐野《さの》くんと金川《かながわ》さんと竹内さんの三人が俺を囲んで話しかけてくれた。その間竹内さんはどういうわけか、いつものようにお菓子を食べてはいたものの、あまり口を開かなかったのだ。かくいう俺も自発的に発言する柄でもないので、結果的に竹内さんと俺が言葉を交わすことが一度もなく下車してしまった。最近ずっと遊びの誘い断ってたし、もしかしたら嫌われちゃったのかな……。

とは言え悠長にはしていられない。俺の黒歴史流出を阻止するためにも、そして運命の人と結婚……までは考えてないけど、お付き合いするためにも、まずは竹内さんの気持ちを今日暴くんだ。

しかしここに来て事態は暗礁に乗り上げる。陰キャの俺は、言い出せない。人生でボウリングをやったことがないなんて……！

俺達はグッパで五対五の二チームになり、二レーンに分かれる。結果、俺は佐野くんと竹内さんと同グループに。あとは金川さん達残りメンバーのグループとなった。最初は各チームで個人戦。その後は分かれた二チームで対戦するらしいが、いかんせんルールがさっぱりだ。

「竹内～、俺と勝負しようぜ」

「え～、絶対勝てないもん……」

「いいじゃん。スコア三十点ハンデやるからさ。ほら、最初竹内投げろよ」

まずい、いきなり佐野くんに竹内さんを取られちゃった。このままじゃダメだ。とにかくなんとか竹内さんと話す機会を……。

「ほっ！」

気が付くと早速竹内さんがボールを投げていた。ピンは六つ倒れた。佐野くんはそれを見て、「はい、ざこ～」と、竹内《たけうち》さんを煽《あお》った。

「こっからだし！　あれ全部倒してスペア取るもん！　ほっ！　あっ！」

竹内さんのボールは逸《そ》れ、残りの四つのピンのうち倒れたのは一本だけだった。

「あ～ん……ミスったぁ……」

「論外～。次俺の番だから。ストライク取るから見とけよ」

「へえ、出来るもんならやってみてよ」

「よっ！」ガランガランガラン！

「うわ、ホントにストライク取った」

「なっ？　言っただろ？　もう一本ストライク取るから、見とけよ」

佐野《さの》くんすごいな。竹内さんとこんなに簡単に仲良さそうに話せるなんて。

いや、ていうか実際仲良《い》いのか。だって俺は委員会の時に話す程度だけど、佐野くんは常に同じグループにいて、いつもこうやって話してて、遊んでて。

あれ、俺と竹内さんの仲って、意外と大したことない……？

二人は今も、俺にはわからない話をしていて。

――お前ら早く結婚しろよったって、やっぱ全然釣り合ってないよな。

「あ、次田中《たなか》」

「あ、う、うん……」

他の子の番も終わり、いよいよ最後は俺の番。俺はよくわからずになんかカッコよかったので適当に見繕ってきた14と刻印された黒いボールを手に取った。ボウリングの球ってめちゃくちゃ重い。

「え、田中14で投げんの……？」

「え？　うん。そのつもりだけど」

佐野くんはなんだか引いている。竹内さんもなぜだか感心したように俺を見てる。ん、そういえば周りを見ても誰も14のボールで投げてる人が見当たらないな。なんかこのボール……すごいのかも。

「よ、よし……」

ここでストライクを取って竹内さんやリア充達《たち》にイイトコを見せるんだ！　このボールもなんだか、俺にしか使えないチート武器みたいでカッコイイぜ！

「えいっ！」ゴン！　ガコン！

俺の投げたボールはけたたましい音を立ててレーンの床を叩《たた》き、一秒も持たずガーターに逸れた。

「いやヘタクソなんかーい」

俺も思った。

佐野くんがそう言って、どちらのグループの男女からも「ギャハハハハ！」と大笑いが起きる。ああ、運動音痴って情けない。

恥ずかしくなって席に戻ろうとすると、竹内《たけうち》さんが「待って待って！」と止める。

「まだもう一投あるよ！」

まだもう一投あんの⁉

「え、二回も投げるの……？　でも俺のボール吸い込まれてどっかいったけど」

俺があたふたしていると、竹内さんは席から立ち上がって、オレンジ色のボールを俺に渡してくれた。そのボールには8と印字されている。

「はい田中《たなか》くん！　これゆずのボール！　これで投げてみて」

「あ、うん、ありがとう……あれ、さっきより軽い……？」

「田中くん、もしかしてボウリング初めて？」

「あはは……うん、実は俺、友達《ともだち》とこういうところに来るの初めてで」

それに竹内さんはくしゅっと笑った。竹内さんも無知な俺が可笑《おか》しくて笑っているのだろうけど、心做《な》しか他の子とは違って見えた。

「このボールの番号あるでしょ？　これね、ボールの重さなんだ。大きい数字のボールほど、重たいんだよ」

「そうだったの⁉　なぁんだ、だから俺のボールめちゃくちゃ重たかったんだ」

「そうそう、自分の持てる許容範囲に見合ってないと、ボールに体が持ってかれちゃうから投げにくいのかも。ゆずのやつは8ポンドでさっきのより軽いから、初心者でも簡単かも！　ほらほら！　投げてみて！」

「なるほど、じゃあ……。……えいっ！」

そして俺のボールはまた右に流れ、ガーターへ。後ろの男子から嘲笑が聞こえてきて、俺は「あはは……」と愛想笑いを返した。だけど竹内さんだけは違った。

「ほら！　さっきよりボール伸びたでしょ！」

「え？　ああ、確かに」

俺みたいなヘタクソを相手にして、竹内さんは良《い》い所を褒めてくれた。

そして二巡目。竹内さんの番がやってくる。

「竹内〜、次はヘマすんなよ〜」

佐野《さの》くんの言葉が耳に入らなかったのか、竹内さんは「田中くん、見ててね！」と俺の方を振り返った。そして竹内さんは、ストライクを取った。竹内さん、すご。

「お、やるじゃん竹内。次取ったらまだ勝負わかんねえな？」

「田中くん、こんな感じ！　次、ゆずの分も田中くん投げてみて」

「は？　ちょ、俺との勝負はどうすんだよ」

佐野くんが不機嫌そうに言った。

「た、竹内さん、俺のことなんていいから！　佐野くんと勝負しなよ……」

「えー、いい。ゆず、田中《たなか》くんにボウリング教える」

「え、じゃ、じゃあ………」

俺は竹内《たけうち》さんにボールを渡されて、佐野《さの》くんに睨《にら》まれながらもとにかく構えた。竹内さんは俺の肩に手を添え密着して、指でレーンを差した。ち、近い！

「田中くんあそこ見て。レーンの途中に三角のマークが並んでるでしょ？　あれの真ん中を目掛けて投げるといいよ！　出来るだけまっすぐ飛ばせるよう意識して！」

「わ、わかった、やってみる……！」

そして俺は投げる。ボールはやっぱり徐々に右に逸《そ》れていく。だけど、
カランカラン！　三本だけピンを倒した。

「あ、当たった……！　なんか今のすごいボウリングっぽかった！」

「やったやったぁ！　田中くんすごい！」

竹内さんはその場で飛び跳ねて喜んでくれた。陰キャがたった三本ピンを倒しただけなのに、釣り合いの悪さなんて感じさせないくらい、対等に、一緒に喜んでくれた。

「はい、ハイタッチ！」

竹内さんは俺に両手のひらを見せる。俺は控えめに、自分の手でそれに触れた。

「お、大袈裟《おおげさ》だよ！　三本しか倒れてないし！」

「ううん！　確実に上手《うま》くなってるよ！　田中くん、要領いいね！」

「ほ、ホントに？　そうかな……？」

「ふふ！　うん！　ねえ田中くん、ゆずと一緒にもっと上手になろ！」

そして竹内さんは、その後も俺に色んなことを教えてくれた。俺も竹内さんのお陰で、色んなことを知れた。少し助走をつけるといいとか、出来るだけ力は抜いて投げる方がいいとか、――人と遊ぶことが、こんなに楽しいってこととか。

◇

「ボエ〜！」

佐野くんが音痴だった。それでも周りを気にせず米津○師の『Lemon』を熱唱する鉄面皮っぷりはなかなか衝撃だった。夢ならばよかったのは佐野くんの歌だ。

ボウリングを終えて、俺達《たち》はカラオケに向かうことになった。

テレビモニターを囲うようにコの字に配置されたソファで、俺はなぜか端っこに追いやられていた。しかも今の隣は仲良くないギャル。ギャル怖いんだよ俺。

「田中、歌う？」

「う、ううん。俺はいいよ。みんなで歌って」

気を利かせてくれたギャルとのこの会話以降、俺は誰とも話していない。だって言えないよ。

アニソンしか歌えないなんて！

ここに来て更なる難関が俺を阻むとは。竹内《たけうち》さんは佐野《さの》くんと金川《かながわ》さんに挟まれ、お菓子を貪りデンモク操作をしていた。

少しすると竹内さんの番になった。竹内さんが今から歌う曲がモニターに映る。

『だいすき。／井上〇子』

タイトルでわかる。露骨に恋愛ソングだ。金川さんや俺の横にいたギャルは「お〜？誰に向けての曲だ〜？」と大盛りあがり、男子達《たち》はなぜかそわそわしていて、竹内さんは「も、もう……からかわないでよぉ……」と、頬《ほお》を染め恥ずかしそうにチラッと俺の方を一瞥《いちべつ》した。もしかして俺のこと……？　いや、まだ竹内さんが〈C〉かどうかわかんないんだった。

「それにしてもゆずりん、ホント歌上手《うま》いね〜」

間奏の間に竹内さんはみんなに褒められて、照れる。

「え、あぁ。弾き語りとか趣味で……えへへ」

そうなんだ。竹内さんのアコースティックリサイタル、チケット五万で買います。

そして歌う順番が一巡したタイミングで、金川さんが声をかけてくる。

「あれ、田中《たなか》くん歌わないの？」

「ああうん……俺は……」

「なんだよ歌えよ田中。遠慮すんなよ」

佐野くんが不機嫌そうに言った。やっぱそうなるよね……。一曲も歌わないなんて却《かえ》って気を遣われる振る舞いだし。しかもなんか佐野くん、俺に当たりキツいし……。

そしてデンモクが俺の方に回ってくる。

「割り込みで入れていいから」

そこまでして俺に歌わせたいの!?

困ったな、どうすんのこれ……。こんなところで堂々とアニソンなんて歌えないし、かと言って流行《はや》ってる曲は知らないし。そうだ、カラオケなら家族でよく行くし、お父さんがいつも歌ってるあれなら……。

でも、俺は歌えないし……そうだ、一か八か佐野くんに歌わせよう。佐野くん歌うの好きそうだし、クラスの中心の佐野くんが歌った方がきっと盛り上がる……！

俺は早速デンモクを手に取る。

「お、俺なんかより佐野くんが歌った方が盛り上がるよ！　そうだ！　俺、実は佐野くんに歌ってほしい曲があってさぁ！　ほら、佐野くん、歌上手いし！」

「は？　そ、そうか？　……まあ別にいいけどよ」

よっしゃ、いける……！

「んで、どれ？」

「えっと、これ！」

俺は曲を送信する。

『睡○花／湘南○風』

曲が画面に表示されると、男子達《たち》のテンションが一気に上がった。

「お、いいじゃん田中《たなか》ぁ！」

「みんなで歌おうぜ！」

なんだか女子も「いぇーい！」みたいな空気になってきて、佐野《さの》くんは満更でもなくなったのか率先してマイクを握った。

佐野くんの歌は正直なかなか酷《ひど》かったけど、みんなで盛り上がるパーティーソングにおいて歌唱力はあまり関係ない。クラスのみんな、合いの手を入れたりして佐野くんを中心にはしゃいでいる。

そんな時、

「ほら、田中も！」

ギャルから意気揚々とマイクが回ってくる。ホントに変な気回さないで。歌えないんだって。

なにか誤魔化《ごまか》す方法は……。

俺は咄嗟《とっさ》に、テーブルに放置されていたタンバリンやマラカス、カスタネットなんかをフル装備して手を塞ぎ、「ヘイ！　ヘイ！　ヨウ！　ヨウ！」となんか雰囲気で言いながら、さらに佐野くんの歌を盛り上げる。するとそれが思ったよりみんなにウケて、「なんだよそれ！」「田中おもれ〜！」と拍手が起こる。

顔から火が出そうだった。

でも視界の端で、竹内《たけうち》さんが目尻の涙を拭いながら笑っているのが見えて、少し嬉《うれ》しくなった。

◇

俺は頃合いを見て部屋を抜け出し、小便をしていた。用を足してトイレを出る。

はあ、リア充の前で本気で歌えるレパートリーは他にあと数曲しかない。しかも全部あ○しだし。竹内さんと席も離れてるし、居心地悪いなぁ。竹内さんが〈C〉なのかどうかまだ全然わかってないし、この状況でどうやって確かめれば——

「——田中の奴《やつ》、やばくね？」

「!?」

不意に聞こえてきた声に、思わず陰に隠れてしまう。

そこにいたのは、クラスの男子二人だった。どうやらドリンクバーに来たらしい。

「うん、やばい」

「だってあいつ……」

「うん……」

あ、これってもしかして、陰口じゃ——

「盛り上げ上手《うま》すぎだろ」

……へ？

「選曲神すぎる。やっぱ大人数のカラオケはバラード熱唱よりパーティーソングに限るな。クソ楽しかったわ」

「てか、田中《たなか》のおかげで佐野《さの》の機嫌戻ったよな。しかもあの感じ、女子みんな田中のこと気に入ってるし」

「あいつ途中、使える楽器全部使ってたよな」

「片手にマラカス持って、もう片方の腕にタンバリン通してその手先でカスタネット鳴らすとか面白すぎるだろ」

「三刀流はやべえって。大○翔平でも二刀流だぞ」

「勉強になるわ。カラオケで歌以外で目立つ方法があるとは……あいつ立ち回り上手すぎだろ」

「てか、ボウリングも無双してなかった？」

「それ！　テクニックでイキるんじゃなくて、出来ない側に回って出来る奴《やつ》を立てつつ、しかも女子に教えを乞うという……」

「竹内《たけうち》がめちゃくちゃ生き生きしてたよな。あれで完全に竹内取られた感あるわ。立ち回り上手すぎだろ。あそこまで計算だったらやべーぞ」

「なにあいつ、合コンの神かなんかなの？」

「なあ、せっかくだし後でなんかコツとか聞きに行く？」

やばい。何一つ意図したことじゃないのに、知らぬ間に崇《あが》められてる……。

男子が部屋に戻り、俺は嘆息し、彼らが去った後のドリンクバーに立った。

「も、戻りづらい……」

謂《いわ》れのない期待が重すぎる……。偶然と勘違いって怖いなぁ。

俺はそこにあったホットのティーカップを一つ取って、サーバーからコーンポタージュを注ぐ。

ていうか、合コンの神になってる場合じゃないな。竹内《たけうち》さんが〈C〉の正体なのかどうか確かめないといけないのに、なかなか落ち着いて話すチャンスがない……。

はぁ、このままなんかの偶然で竹内さんと二人きりになれたらいいのに。


「あ、田中《たなか》くん！　ここにいた！」

竹内さんキタァァァァァァァッ！


なんだ今日の俺……色々上手《うま》くいきすぎじゃないか……？

「た、竹内さん……？　どうしたの？」

ドリンクバーに現れた竹内さんは、なぜかカップを持っていなかった。飲み物を注ぎに来たわけじゃないのかな？

「どうしたのって、田中くんがなかなか帰ってこないから探しに来たんだよ」

俺のせいだったー!!

「ご、ごめん！　大したことじゃないんだ！　ただこういう遊びに慣れてなくて疲れちゃって、それで休憩してて……。今戻るよ！　行こっか！」

面目ナッシング……。色々探りを入れて確認したいところだけど、せっかく遊んでる竹内さんの時間をここで取らせる訳にはいかないな……。

「あの……田中くん、ごめんね」

「え？」

不意に切なげな声がして、見ると竹内さんが眉を八の字にしていた。そして申し訳なさそうに続ける。

「えとえと……今日田中くん、ゆずが今まで無理に遊び誘ってたの、気にして来てくれたのかなって思って……」

「ど、どういうこと？」

「佐野《さの》くんがね、田中くんのこと、『竹内が落ち込んでたって言ったらすぐ来た』って言ってて……それでもしかして田中くん、ゆずの誘いを断ってたのを気にして埋め合わせてくれたのかと……ごめん、ゆず、気遣わせちゃったな……」

竹内さんは置いてあったホットのカップを手に取って、俺と同じコーンポタージュを注いだ。

そうか、だから今日の竹内さん、最初の方どこか様子がおかしかったのか。

「ゆずね、田中くんともっと仲良くなりたかっただけなの……。でもごめん、ゆずしつこかったよね……。もしこういうの迷惑だったら言ってね……？」

竹内さんは、協調性のない俺の勝手な行動さえ、自分の責任みたいに言った。優しい。天使だ。でも違う、そんなことまで優しく抱え込まないでくれ。

「ち、違うよ竹内《たけうち》さん！」

俺が声を大きく張って否定すると、竹内さんは目を丸くして俺を見る。

「今まで断ってたのは、俺が竹内さん達《たち》の輪に混ざったって、浮いて空気悪くするだけだって思ってたからで……でも正直ずっとみんなと遊んでみたかったんだ」

「そう、なの……？」

そうだ。俺みたいな陰キャがと、俺みたいなボッチがと、そういう自責の念が邪魔して、素直になるのが怖かった。

だけど竹内さんが手を差し伸べてくれたから、俺は今こうしてここに居られる。

そんな竹内さんのことを、迷惑だなんて思うはずがない。

「うん！　だから竹内さんがいつも誘ってくれるのは嬉《うれ》しかったし、今日来たのも、こんな風に優しくしてくれる竹内さんのことを俺がもっと知りたいと思ったからで！　あっ」

「…………へ？」

竹内さんは、俺の一言に猛烈に赤面した。

――い、言わなくていいところまで言ってしまったぁぁッ！

どうしよう！　まだ竹内さんが〈C〉だと決まったわけじゃないのに、まるで俺が竹内さんに気があるみたいな言い方しちゃった！

「た、竹内さんごめん。今のはその、嘘《うそ》ではないんだけど、変な意味じゃなくて……」

「……ゆずも、田中《たなか》くんのこともっと知りたいなぁ」

「――えっ？」

竹内さんは空いた左手の指先で、俺の制服のセーターの袖をぴこっと引っ張った。

「……今から、ゆずと二人で遊ぶ？」

可愛《かわい》すぎた。

◇

色々すれ違いはあったものの、結果的に竹内さんに歩み寄ることが出来た。

提案を二つ返事でオーケーしてしまい、俺は竹内さんとクレーンゲームのフロアまで降りた。大人数の中からいい感じになった女の子と抜け出すとか、やっぱ俺、本当は合コンの神なのではないだろうか。

だが、合コン神の本領発揮はきっとここからだ……！

「じゃああっちにお菓子いっぱいあるけど、行く？」

「え、行く！」

小学生を誘う誘拐犯みたいなセリフになってしまったが、竹内さんはその提案を一も二もなく受け入れた。竹内さん、俺ちょっと心配だよ。

竹内《たけうち》さんに苦笑いして、俺は少し真面目《まじめ》に考える。

竹内さんがああ言って今俺と遊んでくれているのは、まだボッチの俺を気遣った竹内さんの優しさという可能性がある。

それに今日に限らず、過去に竹内さんが俺にしてくれたことは今のところ、好意とも受け取れるけど、『優しさ』で片付けてしまえることばかりだ。

なら、してくれることではない、もっと核心的な言葉や行動が見れたら、竹内さんが〈C〉である可能性がもっと上がるはず。

遊びに来れただけでも充分進展だけど、二人きりのこの状況は願ってもない最大のチャンスだ。今度こそ見極めてやる……！

「竹内さん、ポッキーあるよ！　しかも詰め合わせ！」

「ホントだ！　え～！　欲しい～！」

「と、獲《と》ってあげようか？」

「ほ、ホントに⁉」

「うん、俺結構得意だし」

「すごい！　やってみて！」

なるほど、こうやって男は女の子に貢いでしまうんだなぁ。

この世の摂理を悟りつつ、1プレイ目。狙い通りに景品の位置をアームでずらす。

「あ、惜しい！」

「いやいや、まだ獲れないよ。あと五、六百円くらいかな」

「そうなの？」

最終的には、宣言通り六百円で景品を落とした。まあ、上出来かな。（ドヤ）

「す、すご！　田中《たなか》くん天才！」

「いやいや……こんなの練習すれば誰でも出来るようになるよ。はい、どうぞ」

「い、いいの……？」

「うん！　ボウリング教えてくれたお礼ってことで」

「ありがとう……！　こ、これ、大切にするね！」

「あ、いや、食べて！　それ、ポッキーだから！」

「あ、あはは……そうだった……！　大切に食べるね！」

竹内さんはポッキーの詰め合わせパックを抱えて、嬉《うれ》しそうに破顔した。あぁ、もっと貢ごう。

「もっとお菓子いっぱい獲ってあげようか……？」

この時の竹内さんは、ダイヤモンドくらい目を輝かせていた。

そして二十分ほどで、竹内さんの手元にはありったけのお菓子が詰まった袋が。

「ゆず、人生で初めて一度にこんなにたくさんのお菓子手に持ったよ」

「そうだね、ちょっと獲《と》りすぎたかも」

「すごい才能だね、ゆずも欲しい……！」

「まあ、スーパーで買えば済むんだけどね……」

一通りフロアを練り歩いたところで、今度は竹内《たけうち》さんが提案する。

「ねえゆずさ、田中《たなか》くんと行きたいところがあるんだけど、いい……？」

「うん？　いいよ、どこ行くの？」

竹内さんに連れられ俺は建物の一階に下りた。女子御用達のプリコーナーだ。

「お、俺、プリなんて初めてで……大丈夫？」

周りにいるのは女子ばっかりで、なんだか落ち着かない。

「ゆずも男の子と二人で撮るの初めて……！」

……なんだって？

竹内さんは機種を選んで、百円を何枚か入れる。

「あ、俺も百円出すよ……」

「いいよ、撮ろって言ったのゆずだし！　お菓子いっぱい獲ってもらったしね♪」

竹内さんはそう言いながら、手馴《てな》れた様子で機械の外側に設置されたタッチパネルで、モード選択らしきものを次々進めていく。プリを一緒に撮りたい&男子と初めてのプリを俺と……これは優しさに入るのだろうか……。

機械の中に入ると、周りの喧騒《けんそう》が聞こえなくなった。竹内さんと狭い空間の中で二人きりという事実が、胸の鼓動を速くする。

『まずは可愛《かわい》くピースしちゃお！』

女声のアナウンスが流れる。ピ、ピースだ俺！　出遅れるな！　スマートに！

俺は慌ててピースを作り、画面を見ると、「田中くん、カメラあっち！」と、竹内さんに教えられる。はい、ゲームオーバー。

『3、2、1！』パシャッ。

撮れた写真が画面に映し出される。

「あはっ、田中くん可愛い～！」

「か、可愛くないって！　竹内さんの方が可愛いよ！」

「え!?」

「あ、ごめん、これも変な意味じゃなくて……！」

「嬉《うれ》しい……！」

『次はもっと距離を縮めちゃおう！』

悪戯《いたずら》にも、アナウンスはさらに俺達《たち》二人を煽《あお》る指示をする。

「た、竹内さん!?」

そして竹内さんは、スル、と、俺の腕を取ってピースする。

「……嫌？」

「う、ううん！　嫌じゃない……！」

竹内《たけうち》さんの華奢《きゃしゃ》な身体《からだ》の感触が腕全体に伝う。頬《ほお》の辺りが触れてもいないのに竹内さんとの近くなった距離を感じて擽《くすぐ》ったい。どこか奥ゆかしさを感じる甘い香りが鼻腔《びこう》を擽る。そして近くなったのは、きっと物理的距離だけではなくて。

『3、2、1』パシャッ。

画面には、お互いの気持ちが全面に溢《あふ》れるような笑みをぎこちなくも浮かべた二人の姿が映し出された。

「田中《たなか》くん、心臓の音すごいね」

「……ごめん、緊張、してて──」

「ゆずもだよ……！」

竹内さんは、写真を撮り終えても俺の腕を放さなかった。

「──ゆずも、ドキドキしてる……！」

竹内さん、それって、もう──。

◇

「え～、田中くんめっちゃ可愛《かわい》い～……♡」

竹内さんはずっと撮れた写真にうっとりしながら、デコレーションブースに移ってタッチパネルで写真をデコっていた。

「いや俺男だし、可愛くても仕方ないよ……」

「じゃあ、カッコイイ！」

「そんなこと人生で誰にも言われたことないって」

「えー、田中くんカッコイイのに」

「わ、わかったわかった……恥ずかしいからやめて」

「あはは！　やっぱ可愛い！」

「竹内さん、からかってるでしょ！」

「バレた？」

会話の途中、竹内さんは一枚だけ自分を白く塗りつぶし、可愛いうさぎの似顔絵を描き始めた。

「どうしたの？　その写真」

「あ、これ？　なんでかゆずだけエフェクト外れて盛れなかったの。せっかくだから絵描いた！」

「へえ、竹内さん、ナチュラルでも可愛いのに」

「……田中《たなか》くんだってナチュラルにそういうこと言う！」

「いや、俺のはからかいじゃなくて本心だって！」

「余計に恥ずかしいよ！　ふふ、はい、出来た！」

そしてプリントアウトされた写真を、竹内《たけうち》さんは俺にくれた。

「これ、田中くんにあげるね。ゆずはスマホに保存したからもう持ってるし」

「いつの間にそんなことしてたんだ……じゃあ遠慮なく、ありがとう。あ、なるほど、あっちにハサミあるのか」

鏡が貼ってあるカウンターの上に、ハサミが置いてあった。

俺が写真を切り分けていると、スマホを確認する竹内さんは「あっ」と声を出す。

「みんなカラオケ出たって、もうすぐ降りてくるらしい」

「そっか。じゃあわかりやすいところで待ってようか」

切ったプリを財布の中に仕舞《しま》って、俺達《たち》はプリのブースを出た。

「はぁ、もう終わりかぁ。田中くんと二人で遊ぶの、めっちゃ楽しかったなぁ」

「俺もだよ。俺、クラスメイトとこうやって遊ぶの初めてで正直不安だったけど、竹内さんと一緒だとそういうの全部忘れられるくらい楽しかった」

「……ねえ、田中くん」

竹内さんは、大量に獲得したお菓子の入った袋の持ち手をモジモジと弄《いじ》りながら、上目遣いで聞いてきた。

「今度さ……またどこか二人で遊びに行かない……？」

『Cはキミのことが好きなんだろ？　なら日頃の態度で一目瞭然だよ。きっとキミが好きでしょうがないというオーラがあからさまに出ているはずさ』

──こんなの、決まりでいいじゃん。

「ねえ、竹内さん……」

彼女のことを改めて恋愛対象としてみると、大きく胸が鳴った。

「……なあに？」

「竹内さんに、聞きたいことがあって……」

「──うん？」

俺は、ポケットのスマホに手をかけた。

もう言うだけ。聞くだけ。そしたら、俺は──。

「莉太《りた》……？」

途中聞こえた声に虚をつかれ、俺はその続きを言葉にすることなく茫然《ぼうぜん》と口を開けた。

竹内《たけうち》さんではなく、その奥にいる彼女に視界のピントが合った。

「…………胡桃《くるみ》？」

Character

YOU GUYS SHOULD GET MARRIED SOON!
I have three girls who have been told so.

Name

竹《たけ》内《うち》柚《ゆず》璃《り》

Profile

[誕生日]6月16日
[血液型]B型
[性格]天然　親切　マイペース
[趣味]お菓子を食べること　長風呂
学校で莉太と話すこと

Name

山《やま》下《した》胡《くる》桃《み》

Profile

[誕生日]3月28日
[血液型]A型
[性格]真面目　ツンデレ　献身的
[趣味]料理　妹とゲーム　ベッドの中で
莉太のことを考えること

9話

「山下さんが男と普通に会話した……！」

プリブースにて、立ち尽くす俺と胡桃《くるみ》。それを交互に見やる竹内《たけうち》さんは、一体何が起こっているのか分からないというように目をパチパチ瞬《しばた》かせた。俺だってわからない。ナニコレ。

「胡桃、知り合い？」

「あ、うん……」

胡桃は一緒にいた友人の疑問に反射的に頷《うなず》く。クソ、あと一歩で竹内さんが〈C〉の正体かどうかわかったのに、なんてタイミングで胡桃と出会《でくわ》してしまったんだ……。

「ぐ、偶然だね」

竹内さんへの確認を即座に取りやめ、俺は胡桃とコンタクトを取る。

「え、莉太《りた》……その子、誰なの……？」

「え？　誰って、竹内さんは――」

友達《ともだち》？　大切な人？　クラスメイト？　色々候補が浮かんで、俺は思いとどまる。ん、待てよ。これ答えようによっては色々誤解が生まれるんじゃないか？　友達だと断言してしまうと、もし竹内さんが〈C〉だった場合、それは俺が告白をフったも同然の振る舞いになる。かと言って親しげにしても、それはそれで胡桃が〈C〉だった場合、胡桃の期待を裏切る行為になるわけで。

「言えないような関係なの……？」

「あぇ？　え、いや違うけど……」

「田中《たなか》くん、この子は……？」

「え、あーえっと」

ただの幼なじみだよ、と言いかけて、やはりやめる。

ダメだぁッ！　こっちはこっちでもし胡桃が俺のこと好きだったら、ただの幼なじみなんてワード禁句中の禁句だろッ！

「やだ、浮気？」

「修羅場じゃ～ん」

チラチラと、プリブースに出たり入ったりする女性達《たち》の目が刺さる。別に疚《やま》しくないのにぃ……。

と、俺が絶望していると、エレベーターが開いた。

「あ、三刀流と竹内いた」

「帰るよ～」

もっけの幸い。リア充軍団Zが現れた。てかもうなんの躊躇《ちゅうちょ》もなく三刀流って言ってるし。

そこで俺は思う。竹内《たけうち》さんと二人の関係を伝えようとするから疚《やま》しく感じるだけで、別にクラスメイトと遊んでいただけの事実は何一つ不純じゃないよな。

よし、ここはこうだ。

「いや、今日クラスメイトのみんなと遊んでてさ。今帰るとこだったんだよ」

「え、あんた……は？」

胡桃《くるみ》になんとか説明していると、金川《かながわ》さんと、さっき俺にマイクを持たそうとしてきたギャルが俺達《たち》の元にやってくる。

「ちょっと～、二人して抜け出してなにしてたの－？」

ギャルに竹内さんが慌てて説明する。

「ぷ、プリ撮ってただけ！」

「え－？　ホントに～？　怪しい～」

「ホントだもん……！」

「田中《たなか》くん的にはどうなのよ？」

金川さんがニヤニヤして聞いてくる。

「え、いやホントにそうだよ……」

「へ～？」

「あ、あぁ……あっ」

そんなやり取りをしていると、既に歩き出していた集団から俺達の方に声がかかる。

「おい！　竹内！　三刀流！　置いてくぞ！」

「あ、ごめん胡桃。俺達行かなきゃ！　また！」

「う、うん……？」

そして、クラスメイト達の輪に紛《まぎ》れ込《こ》み、俺は事なきを得た。

「た、田中くん、山下《やました》さんはいいの？」

「知ってるの……？　胡桃のこと」

「うん、割と有名だから……」

「ああ、実は幼なじみなんだよね……。ばったり会って驚いてただけだよ」

「……そうなんだ」

事なきを得た俺は頭の中で今日を総括する。

みんながいるここでは確認は出来ないし、今日のところは色々見送りになりそうだけど、やっぱり竹内さんで決まりなんじゃないか？　告白文の送り主……。

ゴールしたつもりになっていた。

でもここからだったのだ。話がさらにややこしくなっていったのは。

◇　山下胡桃　◇

「ねー胡桃《くるみ》〜、クシ貸してくんなーい？」

「なんでいっつも自分で持って来ないのよ……まあいいけど」

「あは〜♪　ありがとっ」

三ノ宮《さんのみや》のラウワン、プリブースにいた胡桃は、鏡の前で級友と、プリを撮る前に身嗜《みだしな》みを整えていた。

「てかさっきのあの男子と知り合いなんだね〜。胡桃、男子嫌いなのに意外〜」

「え、ああ……」

「胡桃、汗大丈夫？　やっぱ男子苦手なの？」

「い、いや大丈夫！　平気平気！」

「そ？　ならいいけど」

胡桃は友達《ともだち》の前で平然と振る舞う。だけど頭の中はそれどころではなかった。

「(……さっきのあれ、マジでなんだったの!?)」

胡桃は、ついさっき莉太《りた》と遭遇した時のことを思い出す。

◇

「莉太……？」

「……胡桃？」

「胡桃、知り合い？」

「あ、うん……」

胡桃は目の前の光景に眉を顰《ひそ》める。

「（え、そこの女誰？）」

胡桃はあれこれ可能性を考察する。

「（なんか二人ともすごく神妙な顔で向き合ってたわよね……まるでどっちかが告白でもするみたいに……え、まさか本当に？）」

いやそんなはずはないと、胡桃は考え直す。

「（いや、莉太に限ってそんなはずないか。だってオタクだし陰キャだしボッチだし。莉太自身もそんなの自覚してること。センター街にアニ〇イトとかあるし、きっとその帰りにプリ寄って友達と会ったのよ。うん。……いや、莉太が一人でプリ寄るわけなくない……？）」

とにかく、莉太に限ってそういう女子が今更現れるわけがない。そもそも莉太は小学校の時に恋愛のことでトラウマを抱えているのだ。そんな急にいい感じの女の子が現れるはずがないと、胡桃は確信を持って莉太に訊《たず》ねる。

「え、莉太《りた》……その子、誰なの……？」

「え？　誰って、竹内《たけうち》さんは――」

莉太は途中で口を止め、急にピタッと止まると、「ん……？」となにか思考する。

「言えないような関係なの……？」

「あぇ？　え、いや違うけど……」

「田中《たなか》くん、この子は……？」

「え？　あーえっと」

隣にいた女子に訊《たず》ねられた莉太は、それに対しても上手《うま》く返せずにいた。

「(昔からの幼なじみだって言えばいいのに、なんで黙っちゃうの……!?　もしかして、他に仲良《い》い女子がいることを知られたくないような関係の女子ってこと……？)」

正直油断していた。昔から莉太は周りに馴染《なじ》めず、誰かと仲良くするような人間じゃなかった。だからこそ自分の恋にライバルが現れる想定なんてしなかった。

だけど、その想定外がまさに今目の前で起こっている。二人の空気感的にたまたま遭遇しただけとかではない、明らかにある程度の関係値がある様子だ。

「(莉太のこと、ボッチとか陰キャって勝手に決めつけてたけど……)」

「やだ、浮気？」

「修羅場じゃ～ん」

やっぱり他の人にもそう見えるんだ……。

と、胡桃《くるみ》が絶望していると、エレベーターが開いた。

「あ、三刀流と竹内いた」

「帰るよ～」

そこにリア充軍団Zが現れた。胡桃は突然現れたうちの学校の制服を着たイケイケ高校生の大群に唖然《あぜん》とする。というか、

「(三刀流ってなに!?)」

そして、何故《なぜ》か三刀流という謎のあだ名で呼ばれる莉太は、そのイケイケ高校生集団を見るなり、助けに来た仲間にホッとするような安堵《あんど》の表情をする。

「いや、今日クラスメイトのみんなと遊んでてさ。今帰るとこだったんだよ」

「え、あんた……は？」

莉太が胡桃になんとか説明していると、そこに女子二人がやって来て混ざる。

「ちょっと～、二人して抜け出してなにしてたのー？」

慌てて説明する、莉太の隣の謎の美少女。

「ぷ、プリ撮ってただけ！」

「えー？　ホントに～？　怪しい～」

「ホントだもん……！」

「田中《たなか》くん的にはどうなのよ～？」

「え、いやホントにそうだよ……」

「へ～？」

そして胡桃《くるみ》の中で、莉太《りた》が計三人の女子に囲まれているこの光景と、さっきの謎のあだ名が結びつく。

「（…………三刀流ってこういう⁉）」

胡桃が目の前の出来事に茫然《ぼうぜん》としていると、既に歩き出していた集団から莉太達《たち》の方に声がかかる。

「おい！　竹内《たけうち》！　三刀流！　置いてくぞ！」

「あ、ごめん胡桃。俺達行かなきゃ！　また！」

「う、うん……？」

胡桃に事態を理解する暇さえ与えず、結局莉太はその女子を連れて駅へ。

「……胡桃？　私達も行こ？」

「うん……」

胡桃は心の中で発狂する。

「（あいつあんなにリア充だったっけぇぇぇぇぇぇぇぇぇ⁉）」

◇

「胡桃、今日笑顔変だよ」

「そ、そう？　ごめんちょっと考え事してて……」

「ふーん、あんま無理しないでよ～」

プリ機の中で狼狽《ろうばい》した顔をパシャパシャ写真に収められながら、しかし、胡桃は考える。

必死に頭を回して、どうにかあれが自分の勘違いである可能性を探す。

少なくとも自分の前での莉太は今もオドオドした陰キャのままだ。こっちが話しかけない限り口を開かないような無口なのも知る限りじゃ変わっていない。そんな莉太が高校に入ったからといって、途端にあんなリア充になるはずがない。ましてや彼女なんて……。

確か友人と思わしき男は〈三刀流〉という、莉太の名前からは全く連想出来ないような訳のわからないあだ名で莉太のことを呼んでいた。それに、どう考えても莉太が女子を三刀流するとは思えない。

……莉太、バカにされてる？

そうなると色々合点が行く。実は過去にもそういうことがあったし、性格の良《い》い莉太はリア充に付け込まれてパシリか金ヅルにされているのかもしれない。だとすると莉太の隣にいたあの女子はなんだ。

「(もしかして、女子に疎い莉太《りた》のことを利用して……?)」

とんでもないビッチなのでは?　それで女子に免疫のない莉太は騙《だま》されて……。

『ふふ、田中《たなか》くん、食べちゃうぞ♡』

『ちょ、ちょっと待って!　うわぁッ――』

なんてことになってしまったら……。

「(わ、私が守らなきゃ……)」

「く、胡桃《くるみ》……笑顔どころか顔青ざめてるよ……」

◇　田中莉太　◇

『外、出てこれる?』

家に帰ってしばらくして、胡桃から一言、LINEでそんなメッセージが届く。なんだろう。竹内《たけうち》さんが〈C〉だと確定付けても、やっぱちょっと意識しちゃうな……。

なんの気なくうちの玄関扉を開けた。瞬間、ガシッ!　と俺の手首が掴《つか》まれる。

「ひっ!?」

掴まれたと思えば、勢いよく家から引《ひ》き摺《ず》り出され、外に出た俺はそのまま玄関の扉に、バン!　と打ち付けられ、胡桃に壁ドンされる。胡桃は俺のことを、ものっっっそい剣幕《けんまく》で睨《にら》みつける。

「く、くるm」

「あの女、誰」

恐《こわ》い、恐いよ。

「た、竹内さんのこと……？　あの子は委員会が同じのクラスメイトで……」

「そう。じゃあ委員会が同じなだけのただのクラスメイトと、プリコーナーで何してたの？　それにそうならそうだってなんであの時あの場所で説明できなかったの？」

圧がすごいな圧が。

「あぁ、だから言ったじゃん……みんなと遊んで帰るところだったって。あの場で竹内さんのこと紹介できなかったのは、その……友達《ともだち》だっていうのはなんだか烏滸《おこ》がましい気がして、他に思いつかなくて……」

「でも二人きりだったもんっ！」

胡桃の頬《ほお》がムクゥっと膨れる。

「あー、あれはカラオケにいたんだけど、なんか空気に耐えられなくて二人で抜け出したというか」

「やっぱりリア充になってる……？」

「ん……なに？」

「い、いやなんでも……続けてよ」

「あ、そう？　でまあ、ゲーセンに二人で行って、クレーンゲームであの子にいっぱいお菓子獲《と》ってあげて」

「やっぱりパシられてる⁉」

「さっきからなに⁉」

「こ、ここ、こっちの話……」

「そっちでどうなってんのさ⁉」

胡桃《くるみ》は俺の一言一言にいちいち狼狽《うろた》え、説明を終えると唇に手を添えて「どういうつもりなんだろ……どの道うかうかしてられないか……」と何かを考えだす。

「いい加減私も変わらないと……」

「胡桃……？　なんなんだよ……？」

「う、ううん、なんでもない。あんたは何も考えないでいいわ。その代わり私がなんとかする……もう今までのようにはさせないから……」

「え、あ、うん……わからんけど頑張って……？」

胡桃は何か一人で結論づけ、「じゃ、おやすみ……」と家に引っ込んだ。

なんで怒ってたんだろう。竹内《たけうち》さんが告白文の相手なら、胡桃が俺の女子との交友関係を気にする道理がないよな。

……まさか。

いや、ないか。竹内さんとあそこまで迫ったんだぞ、今更なんだって言うんだ。

◇

二日後。日曜日の午前中、俺はバイト先にいた。

ロッカーに仕舞《しま》ってあった財布とスマホをそれぞれポッケに入れ、いざ退勤。

「え～、先輩帰っちゃうんですか……？」

事務所にて、椅子に座り机にへばっていた休憩中の舞原《まいはら》さんは、支度する俺の方を見てつまらなそうに言った。

「うん。今日は欠員埋めに来ただけだから」

「寂しいです～……」

舞原さんはムスりと膨れて、俺のことを潤んだ瞳で見つめてきた。相変わらずあざとい。

これをもし本当に俺のことを好きでやっているなら、相当可愛《かわい》いぞ。

……いや、でも竹内さんが〈C〉だと決定づけるまであと一歩のところにいるんだ。きっとただ適当なことを言ってからかってきてるだけだろう。

「また次の出勤でシフト被《かぶ》ってるし、その時いっぱい仕事教えてあげるから。今日は他の先輩の言うこと聞いて、残りも頑張って」

「はい！　先輩に貸しを作るためにも、残りのお仕事は先輩なしで頑張ります♡」

うーん、この小憎たらしい感じは俺のことが好きだからなのかな？（怒）

「……了解。じゃあ」

俺が靴を仕事用から普段の靴に履き替えて、店を出ようとすると。

「あれ、先輩。おとし――」

「ん？」

振り返ると、舞原《まいはら》さんは手を後ろにして微笑《ほほえ》んでいた。

「お年おいくつでしたっけ？」

「なに急に……だから同い年だって」

「あ、えっと……誕生日は過ぎました？」

「ああ、うん。俺四月生まれだから」

「そうですか！　それだけです！」

「ああ、そう？　じゃ、頑張って」

「はい！」

俺は事務所を後にした。なんで急に誕生日なんか聞いてきたんだろう。この前の胡桃《くるみ》と言い、舞原さんと言い、一体なんなんだ。……いや、気にする必要ないか。あとは竹内《たけうち》さんに確認するだけだし。

◇

次の日、週が明けた月曜日。登校の途中でコンビニに寄った。

普段昼休みは母の作る弁当を食べるのだが、今日は何故《なぜ》か母がなにがしかの勘違いをしたとかで弁当を作り忘れたそうで、弁当の代わりにパン一個を買った。

そして、いつもより少し遅れて教室へ到着。

教室に入ると相変わらず俺への視線。そして一瞬で散る俺への視線。

「あ、田中《たなか》おはよう～」

「あ、うんおはよう……」

「金曜、面白かったぞ～」

「うん、俺も楽しかったよ……」

だがいつもと違い、今日は金曜日に遊んだ男子グループから声をかけられた。

しかし夢じゃなかったのか、あのとてもボッチの俺の経験だとは思えないリア充イベントは。とは言えまだちょっと話すのは怖いな……。

自席に座った俺は、ふと竹内さんのことが気になって女子グループの方を見る。すると竹内《たけうち》さんも俺の方を見ていて、視線が重なった。

竹内さんは女子のグループの中で俺と目を合わせると、少しだけ口の端を上げて、腰のあたりでふりふりと手を振ってきた。

ボッチ根性が染み付いているせいで、一瞬本当に自分への挨拶かどうか疑ってしまった俺は、自分の指を自分に差して『俺？』と首を傾《かし》げる。竹内さんは可笑《おか》しそうにぷくっ、と微笑《ほほえ》み、うんうんと、二回頷《うなず》いた。

手を振り返して思う。

尊いッッッ！

俺は手で顔を覆って天を仰ぐ。ああ、幸せすぎるよ。あんな子が俺のことを好きかもしれないだなんて。

……ただ。

俺はラウワン事件について話した飴《あめ》ちゃんとの昨日のトーク履歴を見る。

『竹内さんを〈C〉だと決めつけるには時期尚早だよ』

『なんで？』

『竹内さんといい感じでも、他の二人がそうじゃないという確信がまだないだろ？　三人全員と触れ合ってから判断するべきだ。ということで、キミにまた一つ、〈C〉を炙《あぶ》り出《だ》す方法を教えてしんぜよう』

『……それは気になる！』

『ズバリ、一人の子と重点的に仲良くする、だ』

『ん、なんかさっきの「みんなと触れ合う」って話とは矛盾してる気がするけど』

『一人の女の子と仲良くしてる素振りを見せれば、もしその仲良くしてる子以外がキミのことを好きだった場合、嫉妬して必ずなにかしら態度に出るはずだ』

例えば単純に落ち込んで元気がなくなるとか、逆に恋に冷められるとか、あるいは恋敵に勝つために大胆なアピールに出るとか、なんにせよ、これまた態度が示してくれるのだそうだ。確かに理にかなってる……飴ちゃん、恋愛マスターだ。

嫉妬心。それを煽《あお》るわけだ。

飴ちゃん曰《いわ》く、その作戦の際に仲良くする女の子は誰でもいいらしい。飴ちゃんの言う通りなら、まさにこの前の出来事で胡桃《くるみ》が反応を起こしそうだけど。

『あの女、誰』

……となると、あれってやっぱり、もしかして。

いや、あれだけで決めるには早いか。そうだな、一週間くらい様子を見るか。

なんて思っていると。

「莉太《りた》」

突として、聞き馴染《なじ》みのある、そして学校で聞くはずのない声が聞こえた。

「……胡桃《くるみ》!?」

いきなりキタァァァァァァァァァッ！

突如、隣のクラスから三組に現れた胡桃。男嫌いの山下《やました》さんの登場に教室の空気が張り詰め、その瞠目《どうもく》は徐々に俺と胡桃の間を行き交うようになる。

一体なんのつもりだ……？

「あの山下さんが男に話しかけた……しかもあの田中《たなか》だと……？」

「田中の奴《やつ》……竹内《たけうち》さんに続いて山下さんまで……」

そういえば胡桃と学校でこんな風に話したことって、全くなかったっけ……。幼なじみであることも隠してるつもりはなかったものの、意識的に俺からは学校では関わらないようにしてたし……。

「く、胡桃、どうしたの？」

「今日ね、コミュ英あるのに教科書忘れちゃって。悪いけど貸してくんない？」

「え、ああ、別にいいけど……」

「「「山下さんが男と普通に会話した……！」」」

どよめきの渦中で俺は机の中をまさぐる。お互い大した理由があるわけじゃないとは言え、今までわざわざ学校で話すことなんてなかったのに、急にその暗黙の了解を破ってしまうなんて……それに、なんかどことなくいつもより鷹揚《おうよう》な気がするぞ。

「はいこれ、教科書だけでいいの？」

教科書を渡すと、

「うん。ありがと莉太《りた》っ！」


胡桃はキラっと笑って見せた。

「『山下さんが男の前で笑ったぁぁぁあ……！』」

胡桃が俺になんの躊躇《ためら》いもなく笑顔を振りまいたッ!?

男嫌いの山下さんとしてしか胡桃を知らないギャラリーにとって、その胡桃の笑顔は衝撃だったろうが、かくいう幼なじみたる俺にとってもその微笑は衝撃だった。

「そうだ莉太、今日お弁当ないんでしょ？」

「え、なんで知ってるの？」

「恵麻《えま》ちゃんから聞いたの。だから今朝お弁当作った具材がたくさん余ったから、一個余分にお弁当持ってきたんだけど、いる？」

「え、そりゃパン一個で済ませるつもりだったから助かるけど……」

「もう、だらしないんだから。そんなんじゃ身体《からだ》壊すっての……。じゃ、昼休みまた来るから、一緒にお昼食べようよ」

「でも、クラスの友達《ともだち》と食べなくていいの？」

「う、うん！　えっと、友達今日学食の子がいて、みんな食堂行くんだって。だから面倒《めんどう》だし、私は莉太《りた》と食べようかなって」

「そ、それならいいんだけど……」

「じゃ、また後でね」

「う、うん……」

「「田中《たなか》、すげぇ……」」

視線に背を丸めつつ、俺はふと飴《あめ》ちゃんからのヒントを思い出す。

『一人の女の子と仲良くしてる素振りを見せれば、もしその仲良くしている子以外がキミのことを好きだった場合、嫉妬して必ずなにかしら態度に出るはずだ』

マジでこの前のラウワンでの出来事に嫉妬した胡桃《くるみ》が、竹内《たけうち》さんや他のクラスメイトへの牽制《けんせい》をしに来た……？

……ちょっと待て、だったら竹内さんのラウワンでのあれはなんだったんだ？　よくよく考えてみれば、三人の中でも男嫌いの胡桃が一番〈C〉としてありえないだろ。これこそ世話焼きの胡桃の優しさって線もまだある。

それに、嫉妬なら逆もまた然《しか》りだろう。竹内さんが〈C〉で、今の胡桃とのやり取りを見て何かリアクションする可能性もある。

そうして竹内さんの方を見ると、竹内さんは少し不安気な顔をして俺の方を見ていた。

俺が苦笑いすると、竹内さんからも同じように苦笑いが返ってきた。

……そうだ。依然、俺の中で〈C〉として疑わしいのは竹内さんに変わりない。それに、胡桃が絡み始めた今のこの状況は竹内さんが〈C〉だと確定づけるのに利用出来る。竹内さんが〈C〉なら、俺が胡桃と一緒にいることをよく思わないはず。

このまま竹内さんのことも胡桃のことも、まとめて様子を見てみよう。

◇

「おっす田中ぁ！」

昼休み、俺に会いに三組を訪れたのは胡桃ではなく、ファミリアの同僚である八組の小《こ》山《やま》くんだった。ラノベだったらすっかり忘れてるレベルのキャラだ。

「こ、小山くん……なに？」

普段は廊下ですれ違う時に「お～」とお互い挨拶する程度の仲である小山くん。こうして学校でちゃんと話すのは初めてだ。

「いやぁ、お前、あの山下《やました》さんと知り合いらしいじゃん？」

「なんで知ってるの……」

「なんでって、すげー噂《うわさ》になってんぞ？　男嫌いの山下《やました》さんが男と喋《しゃべ》ってたって」

「そんなに一大ニュースなのか……」

「だから、お前と仲良しって知ってもらえればワンチャンあんじゃねえかと」

なんて現金な……。

「うーん、どうだろう。胡桃《くるみ》の男嫌いは筋金入りだからなぁ」

「は？　いやいや、そこをどうにかするのが田中《たなか》の役目じゃん？」

「あ、いや、絶対違うよ」

都合の良《い》い小山《こやま》くんに若干ピキッていると、小山くんは「んな硬《かて》ぇこと言わずに頼むよお～」と後ろからひっついてきた。いや、ヒロインにやられたいヤツ。

調子の良い小山くんに手を焼いていると、

「莉太《りた》～」

「キタッ！」

「ぐぇ……」

聞こえた声に釣られて俺の首を絞める小山くん。そして噂をすれば、教室後方の扉から胡桃が三組に訪れる。なんというバッドタイミングだ。というか、お昼食べる場所、教室以外のどこかに指定すればよかった。

「莉太～、ご飯食べよっ！」

「う、うん」

なんて変わりようだ……。幼なじみの俺ですら考えられない……。

「へぇ、本当に田中と知り合いだったんだ！　山下さん！」

胡桃は小山くんを一瞥《いちべつ》すると、すぐに俺に視線を戻し、弁当二つを掲げて言う。

「今日ね、ちょっと張りきって唐揚げ揚げてみたんだ！　昨日から一晩漬け込んで～」

「そ、そうなん――」

「へえ、俺も食べたいなぁ。ねえねえ、俺も山下さんの作った弁当食べたいなぁなんて～。そうだ、俺も一緒に食べてい？」

「……莉太、誰？　こいつ」

さすがに無視出来なかったらしい。しかし胡桃は顔を引き攣《ひ》らせつつも小山くんを視界には入れず、あくまで俺に訊《き》いてきた。

「お、同じバイトの小山くん……」

「そっ！　小山達夫《たつお》！　達夫くんでも達夫でもたっちゃんでもなんでも呼んで！」

「わかった、じゃあゴミカスで」

「……ご、ゴミカス？」

その場が凍《い》てついて、胡桃が息を吸い込む。は、始まるんだ。

「そう、ゴミカス。邪魔。マジ邪魔。なにさっきから私と莉太の会話に割り込んできてんの？　あんた空気読めないの？　あんたに作ったお弁当とかないんですけど。てか、莉太《りた》の友達《ともだち》？　聞いたことないんだけど。一回でも莉太と遊んだりしたの？　普段から莉太と喋《しゃべ》ってんの？　絶対そんなことないでしょ。幼なじみだからわかるの。今まで私に言い寄って来た男全員キモかったけど、あんたが一番ね。幼なじみのこと利用して近づいて来るとか最悪。あんた、金魚のフンじゃん。それともフンに集《たか》るハエ？　どっちにしたってあんたみたいな奴《やつ》、私じゃなくたって全女子が嫌うっての。早く人間から転生してゴキブリにでもなって殺虫剤で殺されろ」

「「「うわぁっ……」」」

言っちゃったよ胡桃《くるみ》……あくまで俺に対して変わっただけなのか……。ていうか、小山《こやま》くんがハエだった場合、俺がフンってことになるなぁ……。しかも転生して殺虫剤で殺されるって、小山くん二回も死んでんじゃん……。

唖然《あぜん》とする教室。しかしそんな中、小山くんだけはケロッとしていた。

「んじゃあ、ゴキブリの後は、田中《たなか》に生まれ変わって山下《やました》さんと幼なじみしちゃおっかなぁ～ん」

効いてないッ！　人としてのプライドもクソもないッ！　しぶとさって意味じゃもう既にゴキブリ並だ……！

そして、「まあ、大当たりだよね」と小山くんはのっぺり続ける。

「山下さんの言う通りだよ。別に俺、田中自体にめちゃくちゃ興味あるってわけじゃないし。ただ、妹がめちゃくちゃ可愛《かわい》かったり、バイト先に最近入ってきた美人の子がやたら田中のこと気に入るもんだから、絡んでて損はないと思ったんだ～」

「え……？　ちょ、なにそのバイト先の女って……」

「あれ、幼なじみならなんでも知ってるんじゃないの？　田中優しいし仕事熱心だから、バイト先の女性陣には結構ちやほやされてんだぜ？」

「こ、小山くん……！」

「その上に山下さんとも仲良しときたら、面白《おもしれ》ぇやつだなって誰だって思うっしょ。ていうか、不自然さで言ったら断然そちらさんの方が変だと思いますけど？」

「何が言いたいのよ……」

「いやいや、俺に『田中と喋ったことあんのか』とか言う割に、山下さんが田中と学校で喋ったり仲良くしたりしてるところ、俺見たことないし、ていうか誰も見たことないから今こうして話題になってるわけじゃんね。なんかあんの？　今まで話さなかった理由とか、今日話そうと思った理由とか」

「そ、それは……」

「「山下さんが圧倒されてるッ……！」」

すごい、胡桃のあの超絶罵倒を論破し始めたぞこいつ……。

「まあどの道俺は邪魔みたいだし、今日のところはここらで退散するわ。明らかに勝算ない相手と戦ったってつまんないし。悪かったな、田中《たなか》も」

「え、いや……別に……」

「それに、その理由は田中が訊《き》くべきだしな」

そして小山《こやま》くんは俺の席を離れて、ふらふら帰っていく。胡桃《くるみ》は横でわなわなと顔を赤くして震えている。

その去り際に一瞬、小山くんは俺の方を振り返り、親指を立ててウィンクした。

……小山ぁぁぁぁぁぁぁぁぁぁぁッッッ!?

なに!?　そっち系のキャラだったのッ!?　アホそうに見えてめっちゃ周り見てる系キャラなのッ!?　明らかにネタの噛《か》ませキャラだったじゃん!?　完璧にストーリー進めてきやがったよ！　すっげえ物語の核心突いてくんじゃん！

「あーえっと……ほら胡桃、小山くんって見たまんま結構適当な子だからさ、あんまり気にしないで……」

「ええ……？」

胡桃は真っ青な顔で俺の呼び掛けに応じ、ゴホン！　と一回大きく咳払《せきばら》いし、

「う、ううん、大丈夫♪　さ、食べよ♪」

さっさと机を準備する。いや情緒不安定すぎる。なにも大丈夫じゃないだろ。

甘くなったかと思ったら怒ったり、怒ったと思ったら優しくなったり……。

てか、やたら竹内《たけうち》さんとの関係気にしたり、その翌週いきなり学校で親しげに弁当なんて作ってきてくれたり、かと思えば小山くんの煽《あお》りに青ざめたり……。

――うわぁ、怪しすぎるんですけどぉ。

いや、でも俺には竹内さんが……。

竹内さんの様子を気にすると、竹内さんはポカンと天井を見上げていた。あれ、嫉妬してこっち見たりしてない……？〈C〉ならこっちを見ているはずなのに。

……え、てことはやっぱ、竹内さんじゃなくて胡桃が……？

◇　竹内柚璃《ゆずり》　◇

「ほわぁ……」

「ちょっと、ゆずりんってば」

昼。莉太《りた》と胡桃のやりとりが三組の教室で繰り広げられた直後、柚璃はあまりのショックに魂だけでも身体《からだ》から逃げようとしたところを、千代《ちよ》に止められた。

「……はっ！」

我に返り、箸で摘《つま》んでいたミートボールが弁当に落下する。

「しっかりしてよゆずりん」

「ごめん、とんでもない強大な敵が現れてしまったものでつい……」

「せっかくラウワンで良《い》い感じだったのにね。同情するわ。噂《うわさ》じゃ幼なじみらしいよ。しかも家隣だって。山下《やました》さんと仲良い友達《ともだち》に聞いた」

ついさっきの出来事なのに、千代《ちよ》のコネクションは凄《すさ》まじく有能。友人とのＬＩＮＥで一瞬にして情報を仕入れてしまうのだ。

「田中《たなか》くんもそう言ってたなぁ。仲良し歴ボロ負け……」

「その上学校でも一二を争う美人で、ファニーなギャルっぽい見た目に反してクールで勉強の成績もトップクラス、オマケに料理も出来て家庭的で、幼なじみの前では特別な顔まで使って……反則だね」

千代は、教室の端で莉太《りた》と楽しそうに談笑しながら弁当をつつく胡桃《くるみ》を横目で見ながら言う。取り揃《そろ》えてある要素の質も数も、自分じゃまるで歯が立ちそうにないと、柚璃《ゆずり》は思ってしまった。

「ほわぁ」

「ゆずりん！　そうやってすぐ意識逃がさないで！」

「……はっ！」

山下胡桃という女子の存在は、学校の誰もが知っている。ボッチであるせいで学校のゴシップや評判が耳に入ってこない莉太は、単に『男嫌い』というキャラクターが起因して知られていると思い込んでいるが、実は胡桃は、学年でもトップクラスと言われているほどの美人であり、男子からも人気なのだ。

「(この前は仲良くなれたと思ってたんだけどなぁ……)」

昼食が終わり、柚璃は食後のじゃがりこを片手に、一人でオレンジジュースを買いに自販機に向かった。

先程千代と会話していた時に、ふと言われたことを思い出す。

『それに、さっきの会話聞いた感じだと、田中くんなんかバイト先では全然ボッチじゃなさそうどころか、ちょっと女の影あるみたいだし、ゆずりんこれぼーっとしてたら先越されるかもよ』

チャリン。動揺し、自販機の前で誤って百円を地面に落としてしまう。柚璃は不安に怯《おび》えながらコインを拾い、紙パックのオレンジジュースを買う。

「(ただ委員会が同じってだけじゃ、勝ち目ないよね……)」

自販機の隣に設《しつら》えられたベンチに座り、柚璃がストローを咥《くわ》えたその時。

「……あの、竹内《たけうち》さん、だよね？」

ふと名前を呼ばれ、柚璃は斜め下に向いていた顔を上げる。

「(山下さんッ!?)」

さっきまで自分の想《おも》い人と昼を共にしていたあの山下胡桃《やましたくるみ》がそこにいた。

「は、はい……そうでしゅ……ですけど……」

「……ちょっとだけ、話いい？」

まるで職務質問を試みる警察のような胡桃の問いかけに、柚璃《ゆずり》はテンパる。

「あ、あにょ！　いやあの！　この前のラウワンではごめんなさい！　幼なじみだとは知らず！　ゆずは、えっと……二人の仲を引き裂くつもりはなくて！　ただのクラスメイトなのですが！　でもあの！　学校では仲良くさせてもらってますというか！　決してまだそういうんじゃなくて！　いやまだとか言っちゃったぁ！　あぁもう……ゆじゅはどうしたら……ととと、とりあえじゅオレンジジューちゅとじゃがりこあげましゅ！」

「お、落ち着いて！　竹内《たけうち》さん！　ほら深呼吸！　吸って〜、吐いて〜」

「ひゅー、はぁ……」

胡桃は狂乱する柚璃の背中を摩《さす》り、深呼吸を促す。柚璃は従って呼吸を整えた。

「怒ってないでしゅか……」

「怒ってるっていうか、色々訊《き》きたいことがあって……あの、この前プリコーナーで莉太《りた》となにしてたのかが気になってて、どういう流れで莉太とあの場にいたの？」

「あれはえっと、クラスのみんなで遊んでて、抜け出しませんかとゆずがお誘いしてでですね……」

「ぐふぅ……」

「山下さん……？」

「……続けて」

「う、うん……それでゲームセンターで二人で遊んだあと、ゆずがプリ撮ろって誘ったの」

「そ、それは莉太が空気に馴染《なじ》めずに、竹内さんが気を利かせてあげたとか――」

「え、ううん！　ゆずが田中《たなか》くんと遊びたかったから誘ったの！　田中くんとプリ撮りたかったのもゆずだし！」

「……」

「山下さん？　山下さんってば！」

「はっ！　ごめん、急に意識が薄れて……」

「あ、それわかる！」

胡桃は頭を抱えながら、「私も竹内さんのことがよくわかったわ……」と言った。なぜか酷《ひど》く辟易《へきえき》した様子だったが、柚璃は察せずにその発言だけをそのままの意味で汲《く》み取《と》って顔を明るくした。

「(山下さん、結構ゆずには友好的？　ゆずが田中くんのこと好きなのバレてないのかな。そりゃそうか、言ってないし。ならここは、好きだってことは内緒にして仲良くしとくべきかも。そしたら田中くん情報も入ってくるし……わ、ゆず天才！)」

柚璃《ゆずり》は少し、胡桃《くるみ》に踏み込んでみることにした。

「あの、山下《やました》さんは田中《たなか》くんの幼なじみなんだよね？」

「え？　ああうん、そうだけど」

「山下さんの前での田中くんって、どんなの？　ゆず、クラスメイトとしての田中くんしか知らないから」

「……へへへ。えー」

胡桃は照れ笑いをした。

「昔からすごい優しい子なの。赤ちゃんの時から私におもちゃとかお菓子を分けてくれて、笑う子だった。今も変わらないな。私はこんなだから結構莉太《りた》にはキツい態度とっちゃうんだけど、莉太はいつも私に優しくしてくれるんだ。……ま、こんなこと莉太には言えないけど」

「……へぇ、すごく想像出来るかも」

――いっぱい知ってるの、いいなぁ。

「でも同時に鈍感でもあって、ちょっとぼんやりしてるせいで、あんまり人の空気とか読むのが得意じゃなくて、そのせいで――」

胡桃は一瞬言いかけて、口を噤《つぐ》んだ。

「いや、なんでもない。ねえ、莉太ってクラスでイジメられたりしてない……？」

「え!?　そんなそんな！　この前も、みんなにめっちゃ気に入られてたよ！」

「そう……？　心配だったから良かった……」

そうか、彼女は心配だったのか。と、柚璃はほっと息をつく。とりあえず恨まれているわけではなさそうだ。

「それじゃあ、学校での莉太はどんな感じなの？」

柚璃はそう聞かれると、自分を烏滸《おこ》がましく思いつつも頬《ほお》を染め、語りだす。

◇　山下胡桃　◇

「それじゃあ、学校での莉太はどんな感じなの？」

胡桃に訊《たず》ねられると、柚璃はあからさまに頬を染めて語りだす。

「うーん、基本大人しい感じだけど、話してみたら笑って受け答えしてくれるかなぁ。あ、困ってる人がいるとね、誰が言うでもなくさりげなく助けてあげたりするんだよ！　でもちょっと不器用だからか、陰で助けたり、助けても空回りしたり、助けたのが目立ったりしないから、あんまり感謝されないのが見ててもどかしいかも」

「……そっか」

柚璃が胡桃に対して心を開き始めているのに対して、胡桃は、

「（え〜もぉ〜！　この子絶対莉太《りた》のこと好きじゃぁぁぁん！）」

顔が引《ひ》き攣《つ》って仕方がなかった。

胡桃《くるみ》が想定していた、『莉太、誑《たぶら》かされている説』は早々に外れ、変わりに『正統派ライバル説』という別の問題に阻まれた。明らかな悪者ならまだ戦いやすかったのに、悪気がない分、妙に相対しづらさがある。

「（どうしよう！　莉太みたいな陰キャ、絶対私以外の女子が興味持つわけないって思ってたのに！）」

柚璃《ゆずり》は胡桃が気づいてないとでも思っているのか、「あはは……」と自分の本音を恥ずかしそうにしていた。

「（なにこの子、めっちゃ可愛《かわい》いし、普通にいい子……。こんな子に本気出されたら自分で言うのもあれだけどツンデレの私が勝てるわけない……！　イマドキツンデレなんて、いくらラノベ好きの莉太でもナシよりのナシよね……）」

胡桃は必死に考える。芽を摘む必要があるのは間違いない。ただそうなると、級友の他にさっきのキモ男が話題にしていた莉太のバイト先もマークせねばならない。単純に三者で三つ巴《みどもえ》の勝負になると、学校、仕事という刺激的なシチュエーションと比べ、幼なじみという莉太にとってはほぼ溶け込んでしまった背景のような自分の立場は大きなハンデになる。

そして胡桃《くるみ》は思い至る。

「(ここは自分が莉太《りた》のことを好きだということを隠して仲良くしておくべき? そうすれば学校での莉太の情報も入ってくるし、下手に抜け駆けさせたりしないよう見張っておけるし。……やだ私、天才?)」

胡桃は表情筋が強《こわ》ばった頰《ほお》をなんとか弛《ゆる》め、笑顔を作る。

「ねえ、柚璃《ゆずり》ちゃんって呼んでもいい?」

「え、うん! もちろん! じゃあゆずも——」

「うん! 遠慮なく名前で呼んで!」

「わーい! 胡桃ちゃんね! じゃあはいこれ、お近付きの印!」

「え、ああ、ありがとう……」

胡桃は若干気圧《けお》されながら、柚璃に突き出されたじゃがりこの明太《めんたい》バター味を一本手に取り、食べた。なんだか掴《つか》めない人だ。

そして胡桃は企《たくら》む。彼女を味方につけた今ならバイト先の女子とやらを押え込むことが出来るのではないだろうか。二対一なら明らかにこちらが優勢。

思いついたら即行動。心を入れ替えた胡桃は柚璃に問いかける。

「それで柚璃ちゃん、早速なんだけどさ、私と莉太の教室での会話、聞いてた? ほらあの、莉太のバイトの同僚がいた時の」

「あ、えっと……うん、聞こえてたよ……？」

「……莉太のバイト先の女の子っての、気にならない？」

「…………なるかも」

「(よっしゃぁッ！)」

そして竹内《たけうち》柚璃は、どうしようもなくチョロい女の子なのであった。

10話 「えへ♡ 先輩のソーセージ、あたしのバンズで挟んじゃいますね♡」

◇ 舞原楓《まいはらかえで》 ◇

時は少し遡り、日曜日。

助《すけ》っ人《と》としての出勤を終えて莉太《りた》が退勤しようとしていた時のこと。

「先輩に貸しを作るためにも、残りのお仕事は先輩なしで頑張ります♡」

「……了解。じゃあ」

莉太が靴を仕事用から普段の靴に履き替えて出ようとする時、楓は莉太がさっきまで使っていたロッカーの下に、何かが落ちていることに気づいた。

「あれ、先輩。落とし――」

楓はその小さな紙切れを拾い上げて確認し、言葉を途中で詰まらせた。

落ちていたのは――写真。莉太と、『ウサちゃん♪』と顔に落書きされた誰かのツーショットプリだったのだ。

「(だ、誰これッッッ!?)」

「ん?」

莉太が自分の声に振り返り、楓は咄嗟《とっさ》にその手のプリを隠す。

「……お年おいくつでしたっけ？」

「なに急に……だから同い年だって」

「あ、えっと……誕生日は過ぎました？」

「ああ、うん。俺四月生まれだから」

「そうですか！　それだけです！」

「ああ、そう？　じゃ、頑張って」

「はい！」

　莉太が事務所を後にして、一人事務所に残った楓は考える。

「（どうしよう、返さなきゃいけないのに隠しちゃった……。にしても誰だろこれ……先輩の彼女とか……？　いや、バイトに入ったばっかりの時に聞いたらいないって言ってたしなぁ……）」

　だが、そのウサちゃんのデコレーションは下の方まで隠しきれておらず、スカートがチラついていた。間違いなく女子ではある。そして制服を見るに莉太と同じ高校だと言うことが分かる。

　姉や妹の可能性はまずないだろう。莉太が妹との二人兄妹であることと、妹が中三であることは楓も把握している。恵麻《えま》がたまにバイト先を覗《のぞ》きに来るからだ。

「（友達《ともだち》……は、いないって言ってたもんね……）」

それに写真に写る莉太《りた》の表情は、まるで彼女とのツーショットにまだ慣れていないウブな彼氏そのものだ。どこかそわそわして落ち着きがなく、ピースもぎこちない。単なる友人ならもっと慣れたように写ったり、少し面倒《めんどう》そうに写ったりするはず。

「(きな臭い……。でも、どうやって探ろう)」

◇ 田中《たなか》莉太 ◇

数日経過したが、胡桃《くるみ》はやはりやけに俺にだけ甘くなった。ますますそれ系のラブコメヒロインだ。悪い気はしない。……いや、言ってる場合じゃない。

それにしても、竹内《たけうち》さんが俺と胡桃が一緒にいるところに全く興味無さそうに天井を見つめていたのも気掛かりだ。ここ三日間くらい、胡桃と仲良くしているところを竹内さんに目撃されることが多々あったのだが、飴《あめ》ちゃんの言う、一人の女子と仲良くして相手を動揺させる作戦は上手《うま》くいっていない。

んー、おかしいなぁ。竹内さんだと思ったんだけどなぁ、告白文の送り主……。

いや、まだ可能性はあるはずだ。それに明らかに好意らしい態度が見て取れたのは事実であり、それが覆《くつがえ》ったわけではない。

「先輩って、ホントに彼女いないんですよね？」

「えっ!?　なに急に！」

バイトの出勤中いつものようにフライを揚げていると、唐突にそんなことを訊《き》いてきたのは舞原《まいはら》さんだ。

「そ、そんなのいるわけないじゃん！」

「ですよね」

「ですよねも失礼だけどね!?」

舞原さんは首を傾《かし》げて考え事に耽《ふけ》っている。そういえば告白文を貰《もら》ってから一週間以上経《た》ったけど、舞原さんが〈C〉かどうか確認したことってなかったな。

俺は飴ちゃんに言われた〈C〉を見つけ出す方法を今一度思い出す。

一つは単純に、自分のことが好きそうかどうか態度で見極める方法。

――好意。

これに関しては現状はっきりしない。舞原さんのスキンシップやからかいは好意故とも捉えられるし、単にからかっているだけの可能性もある。

二つ目、他の女の子と仲良くして、その反応を見る。

――嫉妬心。

これはそもそも舞原さんが魚住高校《うおずみこうこう》にいない点がネックになり、試しようがない。

そして新たにもう一つ、俺は助言を貰った。

『対象の女の子を一つの場所に集めてしまえばいい。そうすれば〈C〉は、必ず他の女の子と反発するはずだからね』

二つ目の方法と少し似てはいるが、要は目の前で嫉妬させてしまおうという話だ。そうすれば女の子同士の接触の際、三人の中で一人だけあからさまに他二人の女の子を気に食わなさそうにするだろうというカラクリ。

——つまり、三つ目は独占欲。

……とは言ったものの、三人の境遇はバラバラ。全員を集めるなんて、出来たら苦労しない。

「先輩、何か考え事ですか？」

「あ、いやなんでもない……ていうかそっちこそ——」

待て、一個戻れ俺。『先輩彼女いますか？』だと？　前にも確か聞かれたことがあったしあんまり深く考えなかったけど、これもう狙ってる男へのお決まりのセリフじゃないか？　どんな外連味《けれんみ》ある態度よりもわかりやすい一番シンプルなアプローチじゃないか？

「？　先輩？」

「い、いや……その……」

唐突なフラグに俺がたじろいでいると、舞原《まいはら》さんは途中で面白くなったのか「ん～？」と顔をぐいぐい近づけてくる。あ～もう、落ち着け俺、今これだけ竹内《たけうち》さんや胡桃《くるみ》のことで悩んでいるのに、この程度で舞原さんに揺らぐわけには……。

「ち、近いよ」

「え〜、先輩顔赤〜い」

「べ、別に赤くなんか……なっ⁉」

俺が恥ずかしくなって舞原さんから顔を逸《そ》らすと、カウンターの方で俺と舞原さんの様子に口を開けて仰天している、とある二人の女子高生の姿が目に入った。

てか、

「竹内さんと胡桃⁉」

知り合い。しかも今一番この俺のやわっぷりを見られたくない知り合い。

「え、誰？」

舞原さんもカウンターの方を見て、「あぁ、あの二人？　先輩のお知り合いか何かですか？」と訊《き》いてくる。

「いや、知り合いっていうか……えっと、なんて言えばいいんだろう……」

——なぁんであの二人一緒にいんだよぉぉぉぉッ！

なんで⁉　俺のことを好きな女の子なら、他の女の子に嫉妬するだろうって計算だったよね!? 反発どころか放課後一緒にハンバーガー食べちゃうような仲になっちゃったの!? 〈C〉は俺と仲良くする他の女の子を気に入らないはずなのに、じゃあ二人は〈C〉じゃないってこと……? てかあの二人が違うなら、消去法でいけばもう答えが……?

すると舞原《まいはら》さんは突然、だきっと俺の腕を取った。見ると舞原さんは、若干額に青筋を立てていた。

「ま、舞原さん……?」

「先輩、仕事中ですよ? たかが知り合いの女に構ってる場合じゃありません。さ、あたしと二人だけで仕事しましょ。あたし先輩に仕事教わりたいです♡」

嫉妬&独占欲からの好意的な態度!?

一言でコンプしてきたこの子! 決まりなのか!? 舞原さんで決まりなのか!?

そして舞原さんは、竹内《たけうち》さんと胡桃《くるみ》の方を睨《にら》んだ。

「あの二人のどっちかなのかな……」

意味深な発言までぇ!? よくわかんないけどなんかもう色々怪しいよ! ここに来てヒロインレースブッチギリの一位だよ!

「さ、先輩、仕事です」

「う、うん……そうだね……」

「先輩?」

「わ、わかってるって……仕事だよね？　えちょ……」

舞原さんは背伸びをして、俺の耳に口を近づけた。

「今日も、二人だけで帰りましょうね」

ぼそっと吐息が耳に触れる。

確信犯すぎるでしょぉッ！

◇　山下《やました》胡桃　◇

「(確信犯すぎるでしょぉッ！)」

柚璃《ゆずり》との予定があったこの日、胡桃は莉太《りた》の偵察のためファミリアに来て無事絶望していた。

胡桃は注文したフライドポテトを相当な咬合力《こうごうりょく》でしがみながら考察する。

「(なんなの莉太？　あいつモテんの？　マジ？)」

少し仲良し程度ならまだ、莉太を好きになったりしてない可能性もあったろうし、仮に好きになられていても、自分が本気を出せば歴の長い自分の方に勝機があっただろう。ただあそこまで大胆なアプローチをしている相手となると話が変わる。

「(莉太がどう捉えているかは知らないけど、女子は好きじゃない男相手にあんなにべたべたスキンシップしたりしないし、確実に黒よね……。しかもあれだけ積極的な相手ってなると、普段莉太《りた》に素っ気なくしてる上に男嫌いで定評のある私に勝ち目なんてないじゃん……！　いよいよこうしちゃいられなくなっちゃったわ……！）」

「ほぺ～」

「……で、柚璃《ゆずり》ちゃんの魂はいつになったら本体に帰ってくるのかな」

向かいに座っているのは、すっかりもぬけの殻となった柚璃。

「柚璃ちゃん、柚璃ちゃんってば」

「……はっ！」

「大丈夫……？」

「え!?　なにが!?　ぜ、全然平気っ！　いいなぁ～なんて思ってないしっ！　劣等感とかないしっ！　見習うつもりなんてこれっぽっちもないもんっ！」

「（思いの丈全部わかっちゃったッ！）」

胡桃《くるみ》は苦々しく口の端を上げて「元気そうでなにより……」と、ひとまず気づいてないフリで乗っかっておくことにした。

「それにしても、随分パワフルな子だったわね……」

「パワフル？　うーん、そんなゴリラみたいな子だったかなぁ。ゆずは可愛《かわい》いとか思っちゃった！」

「そうじゃなくて……」

こいつどんだけ天然なんだよ。と、心の中で若干呆《あき》れつつ、言葉の意を伝える。

「ほら、あの子明らかに莉太に気がある感じだったでしょ？　だけどその気持ちを隠さずにむしろ全面的に出して猛アタックしてたというか……」

「あぁ、それはゆずも思った……うぅ……」

「（まあ、全面的に態度に出てるのはこの子も同じなんだけど……）」

柚璃はどちらかと言えば、意図してではなくただ分かりやすいだけだ。しかしあの清楚《せいそ》な女子は違う。紛れもない故意。俗に言うあざとい系女子だ。

「（純粋な柚璃ちゃんはともかく、あんなの放っておいたら……）」

『先輩……♡　厨房《ちゅうぼう》、暑くないですか……？♡』

『え⁉　ちょ、ちょっと待って！　なんでシャツのボタン外してるんだよ！』

『先輩……あたしこれ脱いじゃいますよぉ♡』

『ダメだ……もう俺我慢出来ない……！』

『えへ♡　先輩のソーセージ、あたしのバンズで挟んじゃいますね♡』

「挟むなッッッ！」

「⁉」

「あ、ごめん……」

自分の大声に怯《おび》える柚璃《ゆずり》を眺めながら、しかし胡桃《くるみ》は震撼《しんかん》する。

「(自分の下ネタのセンスは置いといて、でもあの女かなりやり手そうだったし……冗談抜きでバックヤードでおっぱじめかねない気がする……)」

「く、胡桃ちゃん、目が血走ってるよ……」

「ご、ごめん。ふう……」

胡桃は息を大きく吐いて、苛立《いらだ》ちで立ち込めた胸の熱気を逃がす。一方柚璃は明らかに様子のおかしい胡桃を気遣うつもりで提案する。

「胡桃ちゃん、バイト中の田中《たなか》くんも見れたし、そろそろ帰る？　それともせっかくだし二人でどこか——」

「ダメ、粘るわよ。バイト終わったら関係聞き出すの」

「で、でも迷惑じゃ……あむっ⁉　……おいしい！　ありがとぉ！」

胡桃はそう決めて、異論を唱えかけた柚璃の口にポテトを突き刺して黙らせた。

◇　田中莉太《りた》　◇

というわけで俺は、考える暇さえ貰《もら》えず、舞原《まいはら》さんに今日は食品のストックについて教えることになった。

「……じゃあ、チキンとシュリンプのストックをちょうど取りに行こうと思ってたところなんだけど、代わりに冷凍庫に取りに行ってくれる？」

とりあえず一人になりたいから……。頭の中整理したいし……。

「しゅりんぷ？　どこかの大統領とかですか？」

「あ、ううん、エビのこと。大統領は冷凍庫にないと思うよ」

「あ、先輩、韻踏んでます！　大統領♪　冷凍庫♪　ないと思う♪　チェケ♪」

「あれ、話が進まないな」

俺は嘆息して、厨房《ちゅうぼう》のストックにあるチキンとシュリンプを見せる。

「これだよ。ダンボールにでっかくチキンとかシュリンプって英語で書いてあるから。一箱ずつ持ってきて。台車使っていいから」

「先輩、あたし英語読めないです！」

「あ、うん……じゃあこの空っぽの袋持ってって。ほら、chicken って書いてある。こっちは shrimp だね。冷凍庫の場所はわかる？」

「はい！　先輩がいつも出入りしてるの見てるのでわかります！」

「良かった。じゃあよろしく」

舞原《まいはら》さんって、あざとい感じ出してるけどやっぱアホだよな。

しかしまあ一応舞原さんにストック補充をお願いしたおかげで、自分の仕事が少し早く済んだ。

……で、問題はかれこれ五分経《た》つのに帰ってこない舞原さんの方だ。

なにしてるんだあの子。厨房《ちゅうぼう》と冷凍庫の距離なんて徒歩三十秒なんだけどな。

俺はため息混じりにバックヤードにある冷凍庫に様子を見に行った。そして冷凍庫を開けると、舞原さんはあっさりそこにいて、中で凍えて立ち尽くしていた。

「あ、舞原さ――」

そして舞原さんは俺を見た途端――俺の胸に飛び込んだ。

「ま、舞原さん!?」

舞原さんの体は冷えていた。ガタガタと歯を鳴らし、震えている。五分も冷凍庫に居ればそうなるのも無理ない。

「怖がっだ……うぅ……」

「ど、どうしたの」

「入っだら……扉どうやっで開げるのがわがらなぐなっで……ずびび……」

「あ、あぁ……」

別に普通に押せば開くのだが、確かにかなり重い扉なので、力のない女子だと鍵が閉まっていると錯覚してしまってもおかしくない。

「これ、重たいだけで普通に開くよ。営業中に鍵かけることないから」

「先輩……あたしこのまま死ぬのかと思いましたぁ……」

「ご、ごめんね無理させて」

「そう思うなら抱き締め返してください……」

「えっ……」

「寒いんです……先輩のせいで……」

からかいか、アプローチか、いや、舞原さんの震えようは割とガチだった。新人の舞原さんにストック補充を頼んだ俺の過失でもあるし、仕方ない……。

「わ、わかったよ……」

……ギュッ。

誰もいないバックヤードで、熱を共有する。

俺が抱きしめ返すと、舞原さんは俺の背中に回した手で、服を掴《つか》んだ。うっ、落ち着け俺……そう、これはその、暖をとっているだけ……。考えるな……感じろ！　いや感じんなよ。

「ごめん、寒かったよね……」

「あたしもごめんなさい。先輩の期待に応えられなくて」

「な、なんで！　俺は結果より頑張りを見てるから！　今日も新しいことにチャレンジした舞原《まいはら》さんは、俺の期待に応えてるよ！　……その、だから謝らないで」

「……先輩、温かいです」

「そ、そう？」

「はい、もうずっとこうしていたいくらい、幸せです」

──ホントに暖取ってるだけ、なのか？

いつまでこうしているべきだろうかと、少し手を緩めてみると、抗《あらが》うような力が舞原さんの手から背中に伝った。

「先輩、こういうこと、他の女の子にしたことあります？」

「ま、舞原さん……？　いや、ないけど……」

「──そっか、良かったです」

俺の胸の中からむくりと顔を上げた舞原さんの上目遣いが、俺の目を捕まえて離さない。

その頬《ほお》の赤色は、寒さに曝《さら》されていたからか、

「……先輩、あたし──」

──それとも、

「……な、なにしてんの？　二人とも。仕事中ですけど」

「「……あっ」」

……と、そこに美咲《みさき》先輩が現れてしまった。

「み、美咲さん！　こ、これは違くて！」

「この状況に違うとかあるの……？」

「いやホントカクカクシカジカで！　ちょ、舞原さんもういいでしょ！　離れて！」

俺が手を離すと、舞原さんは逆に離すまいと俺にくっついてきた。

「美咲さん、見たまんまです……♡」

「余計なこと言わないでッ！　話ややこしくなるからッ！」

結局、俺が死ぬ気で誤解を解くことになった。

◇

「どうしました？　先輩」

「いや、なんでも……」

なんとか勤務を終え、事務所内。更衣室から出てきた舞原さんは、パーカー姿になって髪を手で払いながら訊《き》いてきた。

もう絶対この子だよなぁ。考えてみたら普段から一人だけ明らかに男に対しての女性の態度というか……。この前は絶対竹内《たけうち》さんだと思ってたのに、今じゃ舞原《まいはら》さんだとしか思えなくなってる。

なんか俺のやってることとか気持ちの変化って、すごい優柔不断みたいで嫌だなぁ。俺が見てるのは最初から告白してくれた女の子一人なのに。

「そうですか？　じゃ、帰りましょっか！」

「う、うん」

俺がぼんやり立ち上がって、いつものようにフロアへの出口の方に歩き出すと、「あ、待ってください」と舞原さんがそれを止める。

「ん、忘れ物？」

「いえ、ではなく。先輩、今日は裏口から出ましょう」

「え、なんで」

俺が訊《たず》ねると、舞原さんはあざとい上目遣いでねだる。

「今日だけ……裏口で……♡」

な、なんかすごいエロく聞こえるの俺だけ？

「い、いいけど……」

俺は謎に生唾を飲みながら頷《うなず》いた。

普段は店内を見て帰るという決まりがあるため、フロアを通って客と同じ出入口から店を出るのだが、今日は裏口の扉に手をかけた。

う、裏口でなにが起きてしまうんだ。まさか、そのまさかだったりして……。

とか、そんなことより考えるべきことがあって。

………舞原さんが〈C〉かどうか、確認するならこの帰り道しかないよな。

俺は意を決し、外へ出た。

「……えっ」

意気込んで外に出て、一歩目で俺は硬直した。

「……よっ」

「こ、こんばんは！」

「な、なんで胡桃《くるみ》と竹内さんがここに……!?」

またしても現れた謎の組み合わせの二人。突然のことに動揺していると、胡桃は至って真剣な表情で答えた。

「いや？　せっかく来たから莉太《りた》に会ってから帰ろうと思って。ね？　柚璃《ゆずり》ちゃん」

「ふ、ふむ！」

マジでこの二人、どうして仲良くなったんだ……？

胡桃《くるみ》の横でわなわな震えて頷《うなず》く竹内《たけうち》さん。舞原《まいはら》さんはそんな二人を見て、「せっかく裏口から出たのに……」とつまらなそうに言う。

「なんか言った？」

「ううん、なにも♡　先輩、この子達《たち》はー？」

「え、あぁ……あぅ……」

舞原さんは俺の腕を抱きながら訊《き》いてきた。もう紹介に気を遣わなくていいよな？　舞原さんが告白文の送り主で決まったようなもんだし。

「えっと、こっちが俺んちの隣に住んでる昔からの幼なじみの山下《やました》胡桃。で、こっちが同じクラスの竹内柚璃《ゆずり》さん」

「うっ……」

「竹内さん？」

「ひや、にゃんでも……」

竹内さんが唐突に呻《うめ》いたが、大丈夫だろうか。

「あれ、あんたどっかで……」

胡桃は一瞬眉を顰《ひそ》めて舞原さんをじっと見た。舞原さんが首を傾《かし》げると胡桃は「いや、いい」と一言区切り、そして俺に訊く。

「莉太《りた》、その子は？　ていうかまず先輩ってなに？　バイトって高校生からしかできないわよね？　中学生ってわけじゃないんでしょ？」

「あぁ……こっちはバイトの後輩の舞原楓《かえで》さん。同い年だし、俺も別にタメ口でいいって言ってるんだけどね」

「あ、そう。で、いつまで莉太にくっついてんのよあんた」

胡桃が俺の腕にしがみつく舞原さんのことを指摘すると、舞原さんが俺に代わって返答する。

「え、あぁ、気にしないで。これ日常茶飯事だから♪」

「日常茶飯事!?」

竹内さんが一歩後退する。あ、待って、語弊がある。

「り、莉太？　この子が嘘《うそ》言ってるなら嘘だってハッキリ言えばいいのよ？」

いつになく懐の広い胡桃。でも普段のことを思い返せば、確かに日常茶飯事ではあるよなぁ……。それに舞原さんだって俺のこと好きかもしれないわけで、ここで俺が突っぱねて傷つけたくないし……。ああ、またこのジレンマか……。

「本当に日常茶飯事!?」

竹内さんがさらに一歩下がる。ちょ待って、引かないで、ていうか行かないで。

「……莉太？」

「い、いやこの子が一方的に、なんというか……」

「一方的？　さっき抱きしめてくれたじゃないですかぁ」

「莉太《りた》!?」

「いやもうそれもなんか色々あってですねぇ！」

俺がどう答えたものか窮していると、胡桃《くるみ》が端的に結論を求めた。

「で、でも！　とにかく付き合ってるわけじゃないのよね？」

──胡桃が気になるのって、そこなんだ。

……あれ、じゃあ胡桃、もしかして嫉妬してる……のか？

「う、うん。俺、彼女とかいないよ」

とにかく舞原《まいはら》さんに限らず俺が誰かと交際している事実はない。この点は全員に示すためにもハッキリと明言した。

しかし、舞原さんは暴走してついにはとんでもないことを口走る。

「そうそう、付き合ってはないんだけどね～。なのに仲良すぎて～、バイトのみんなったらいっつもあたし達《たち》のことカップル扱いで～。この前なんて、バイトリーダーに『お前ら早く結婚しろよ』とか言われちゃってさ～」

「「えっ……？」」

い、言った！　この子、言っちゃった！

竹内《たけうち》さんと胡桃が固まった。そりゃそうだ。自分も同じセリフを言われたことがあるからだ。

「……わ、私もそれくらいあるんだけど」

「ゆ、ゆずも！」

「え、柚璃《ゆずり》ちゃんもなの？」

「う、うん……」

「ええ～？　三人が同じセリフを？　うっそだぁ」

「いや、本当だよ舞原さん」

「えっ……」


「「「…………………」」」


……なんっつー修羅場だ。

いいかどうかはわからないが、とりあえず足並みを揃《そろ》えるために舞原さんにも事実を伝える。

舞原《まいはら》さんのセリフによって、俺と『お前ら早く結婚しろよ』と言われた女子が三人いるということが、三人にとって共通認識となった。

つまり今、この中にいる〈C〉も、自分以外にも『お前ら早く結婚しろよ』と言われた人間がいるのだと気づいたことになる。そうなると、〈C〉は俺が自分の告白を自分のものだと気づいていないことにも気づいたわけで。

……動き出すんじゃないのか？〈C〉が。

「こ、これでわかった？　あんただけ特別じゃないってことよ」

胡桃《くるみ》が最初に口火を切った。俺は三人の反応を確かめるため、いつも以上に耳をそば立てて会話に聞き入る。

「へぇ～、そっか、ちょっとびっくりだなぁ……みんな同じセリフを言われてるなんて……。みんなそれだけ田中《たなか》くんと仲良しってことかぁ」

「……もう、先輩の女たらし」

「それは同感ね。で、いつまであんたはそうして彼女ヅラしてるわけ？」

「あはは、やだなぁ。だから、これは日常茶飯事なんだって」

「だから、それが通常運転なのが変だから言ってんのよ……」

「ていうか、そろそろ帰る？　田中くんも舞原さんも疲れてるだろうし……」

「まあそうね。ほら莉太《りた》、帰るわよ」

「ダメー！　先輩はいつもあたしのこと家まで送ってくれるのー！」

「はぁ!?　一人で帰りなさいよ。そんだけ男にベタベタできるなら変質者の一人や二人平気でしょ」

「無理～、夜道怖い～。先輩、早く帰りましょ？」

「……莉太？」

「先輩？」

「田中くん？」

「え、あぁ、ごめん……」

…………いやわっかんねぇぇぇッ!!!!!!

なんでみんなこんなに平然と受け入れられるの!?　今ので誰も動揺しないの!?　今ラブコメで言うところのすっげー物語進んだところよ!?　ここ引きで一巻終わってもいいところだよ!?

しかし素知らぬ顔で俺の顔を窺《うかが》う三人。一人めっちゃしらこいやつおる……。

ど、どうしよう。とにかくこのまま三人一緒に監視できた方がいいし……。

「……とりあえず、胡桃と竹内《たけうち》さんも一緒に舞原さん送ってく？」

「……まあそれなら」

「そうだね！」

「えぇ～、二人だけで良かったのに」

「あら、夜道が怖いなら人が多いに越したことはないでしょ？」

「ぶ～……」

そうして、四人は夜道を歩き出す。

結局その日も、真相を突き止めるには至れなかった。

◇

舞原《まいはら》さんを送って、竹内《たけうち》さんとも解散して、俺と胡桃《くるみ》は二人で自転車に乗って同じマンションへ帰っていた。

都会だと考えられないだろうが、夜の田舎の閑静な住宅街ともなれば車通りどころか人っ子一人いない。俺と胡桃はゆったり並走しながら自転車を漕《こ》いでいた。

やっぱりここ数日の胡桃の変わりようは相当だ。胡桃は俺があのファミリアで働いていることを知っていたし、間違いなく俺のことを覗《のぞ》きに来たに違いない。ただ一人で見に来たのなら〈C〉としての可能性も考えるところだが、竹内さんと二人となるとなんとも言えない。単に仲良くなって二人でファミリアに来ただけの可能性だってある。

てか、色々落ち着いたし、訊《き》くなら今がチャンスだよな……。何から訊くべきか……。

「なんか言いたいことでもあるんじゃないの。あんた、さっきからずっと梅干しみたいな顔してるわよ」

「げっ……」

「げってなによ、げって……」

胡桃は俺の様子を察してか、目を細めながら一瞬俺を横目に見て言った。

「わからないわけないでしょ。いつからあんたと一緒にいると思ってんのよ」

「……じゃあまあ、聞くけど」

俺は自転車のハンドルに腕を置いて、背中を丸めながら訊いた。

「なんで急に学校で話しかけて来たの……？」

「嫌だった？」

「嫌じゃないけど……むしろ困るのはそっちだと思って不思議だったんだよ」

「不思議じゃないわよ」

胡桃はあくまで進行方向を向いたまま、真剣な顔でハッキリと言った。

「幼なじみなんだもん。どこで話そうが不思議じゃない。むしろ今までがおかしかったのよ」

胡桃に言われて、自分が学校で胡桃と話さなくなった時期のことをぼんやり思い出した。

多分、話さなくなったのは二人してなんとなくではない、俺から離れてしまったせいだ。

俺と仲良くしていると、胡桃《くるみ》の印象を悪くしかねなかったのだ。

特にあの頃は。

罪悪感から、視線を自転車先端の籠に落とした。

「……喋《しゃべ》りたいもん。莉太《りた》と……」

しかし胡桃はそんなこと露知らず、口を尖《とが》らせながら面映《おもは》ゆそうにそう言った。

――それって、幼なじみとして？　それとも俺のことが好きだから……？

わからないけど、照れくさかった。そして嬉《うれ》しかった。

今までの全部、俺の気にしすぎだったのかもな。

俺の左を走る胡桃からは目を逸《そ》らして、でも正直な返事をした。

「い、いいよ……」

「……なんで上から目線なのよ」

「は、話してください？」

「……へへへ。まあ、いいけど？」

胡桃からも了承が返ってきて思わず胡桃の方を見ると、胡桃も俺の方を向いて、いつもの素っ気ない態度とは違う、優しい微笑《ほほえ》みを俺に向けた。

俺はその微笑みに、つい見とれてしまって……。

「ちょ、莉太！　前！」

「えっ？　ガッ――！」

電柱にぶつかった。かなりゆっくりだったので大事には至らなかったが、それでも相当の衝撃だった。おでこをぶつけて、身体《からだ》は自転車から投げ出される。

「だ、大丈夫!?」

胡桃はすぐに自転車をそこに停《と》めて、俺の方に駆け寄ってくれた。俺は頭を押さえながらなんとかそこにあぐらをかいて座る。恥ずかし……鈍臭……。

「いってぇ……だ、大丈夫大丈夫……あはは……ごめん……」

「もう……」

胡桃は呆《あき》れながら俺に手を差し伸べてくれる。

「ホント、世話の焼ける幼なじみね」

胡桃は可笑《おか》しそうに笑って、俺の手を握ってくれた。

やっぱり胡桃といると、よく自分を情けなく思ってしまう……けど。

――胡桃ならきっと、結婚してもそんな俺のことを受け入れて助けてくれそうだな。

……って、なんで俺はもう結婚した先のことを考えてるんだ。まだ告白してくれたのが誰ともわかってないのに。

あの感想が投稿されてから、未《いま》だ進展なし。

でも三人の女の子とは、また更にちょっとずつ仲良くなれている気がする。

今までずっと陰キャオタクでボッチの俺なんかって気持ちが先行して、きっと三人のことをちゃんと真っすぐ見れてなかったんだな、俺。

◇ 舞原楓《まいはらかえで》 ◇

莉太《りた》との時間を二人の女子に邪魔されて不機嫌な楓は、家に帰って部屋に入るなりベッドに飛び込んだ。

「まさか、あたしだけじゃなかったなんてなぁ」

楓は女子二人の顔と、その二人を見る莉太の目を思い出し、唇を噛《か》み締《し》める。

『これでわかった？　あんただけ特別じゃないってことよ』

楓の頭の中には胡桃《くるみ》のその言葉がこびりついていた。

自分は特別じゃない。そんなこと、自分が一番よくわかっている。わかっていたつもりだった。だけどいざそう現実を突きつけられると、心が落ち込んだ。

「(このウサちゃん、絶対あの二人のどっちかだ……)」

楓はポケットに入れていた莉太のプリクラを手にする。なんとなく返す気が起きず、プリクラを返しそびれて少し経《た》つ。今更これについて莉太に聞けそうもない。

でも確かめないと、気が済まない。

思い至った楓は、部屋のクローゼットを開ける。

「あんまり気は進まないけど……先輩のためならしょうがない……！」

楓がクローゼットから手にしたのは——莉太の通う、魚住高校《うおずみこうこう》の制服だった。

◇　田中《たなか》莉太　◇

週が明けた月曜日の学校、一限が終わった休み時間。俺は席に座って色々と考えていた。

つか、最近俺ずっと考えてんな。

遂《つい》に、『お前ら早く結婚しろよ』というセリフが三人全員のものとなった。しかし土日を挟んだが、新たに〈C〉から感想が届いたり、〈C〉自ら名乗り出たりなど、特に〈C〉は動きを見せなかった。この感じだと、彼女は恐らくこれをいいことに姿を晦《くら》ますつもりかもしれない。だが、俺は諦めない。絶対あの告白をなかったことになんてさせないぜ。

……キャ。(照)

そうして色々考えていると、——目の前が真っ暗になった。

「誰だ!?　あの黒髪清楚《せいそ》のド王道美女は……！」

「あんな子うちの学校にいたか？」

なに？　美少女だと？


「だぁれだ♡」


ああ、なんだ……聞けばお馴染《なじ》みの声ではないか。

「なんだ、舞原《まいはら》さんか……もういい加減それやめ……ままま舞原さん!?」

塞がれていた華奢《きやしや》な手が剥《は》がれ、パッと視界が明るくなり振り返ると、そこにはバイトの後輩、舞原楓《かえで》がいた。だがここは魚住高校《うおずみこうこう》のはずだ。

「おはよ、先輩♪」

「な、なんで……!?」

そして、クラスメイトが俺達《たち》について噂《うわさ》する。

「田中《たなか》やべえ！　いきなり現れた見知らぬ美少女さえ攻略済みかよ！」

「あいつヤリチン説あるぞ。それかいっそラブコメ主人公まである」

「一体なにがどうなったら田中みたいな陰キャがモテんだよ……」

「もはや世間は陰キャがトレンドなんじゃねえのか？」

やばい、陰キャが流行《はや》ってしまう。

いや、それより心配するべきは注目が俺と舞原さんに集まってしまっているこの現状だ。

そういえば竹内《たけうち》さんはどうしてる……？

竹内さんの方を見やると、竹内さんは薄く微笑《ほほえ》んでいた。ただその目はもはや、こっちを見ているようで見ていないというか、端的に言うと死んでいた。あ、ダメだもう終わりだ。昨日のことといい、完全に引かれて告白の返事どころじゃない。

「ま、舞原さん、魚住高校だったの……？」

「はい♪　不登校だったんですけど、先輩に会いたくなって来ちゃいました♡」

「来ちゃったっていうか、本来毎日来ないと……ていうか、え、会いたくなった……？　俺に……？」

「そうです！　先輩に！　会いたくなったんです！」

マジ……？　そんなことただのバイトの先輩相手に普通言わないよな……。

しかし考察する余裕もなく、舞原さんは三組の教室前方の時計を見て肩を落とす。

「……あ、そろそろ時間ですか。先輩のクラス聞きそびれて、自分のいる八組から順番に探してたせいで時間切れになっちゃいました。せっかく会えたのに残念です」

「え、あぁ……えっと……」

「じゃあまたすぐ会いに来ますね！　次の休み時間にでも！」

「あ、いや、やっぱあんま頻繁に来られても――」

「あ、ちなみにあたしは八組ですよ先輩♡　会いに来てくれてもいいんですからね♡　では、また後で！」

「あ～……」

場を荒らすだけ荒らし、舞原《まいはら》さんは三組を去っていった。静まり返っていた教室がザワザワと話を始める。大方その喧騒《けんそう》はまさに今ここで起こった俺と舞原さんのやり取りのことで。

〈C〉の正体を突き止めるためなら、舞原さんが同じ学校だったことはポジティブなことだが、その、なんか色々問題も生んでいるような……。

それに胡桃《くるみ》がクラスにやって来たあれとの天井感というか、デジャブ感というか……。

もちろん二人のうちどっちかが〈C〉なわけで、二人のうちどっちかは俺のことを好きで会いに来た可能性があるわけだけど、あっても片方なわけで、むしろどっちも違う可能性すらあるのに、なのになんでこう、『お前ら早く結婚しろよ』の時もそうだけど、似たようなことがポンポン起こるんだろう。

……いや、無駄なことは気にしなくていいか。とにかく俺が見つけ出すのは〈C〉で、それ以外のことはできるだけ深く考えないようにしよう。いずれにしても、これは今度こそ舞原さんが〈C〉なのか確かめるチャンス……。

◇

「せんぱぁい～」

ヤツは二限目終了後の休み時間、早速俺に会いに三組へやってきた。

「舞原《まいはら》さん……」

「先輩聞いてください。さっきHRの出席確認の時、あたしが返事しただけで一瞬時止まったんですよ～」

今まさにうちのクラスの時も止めてるよ！

「あの、舞原さん。わかったから、ちょっと周りの視線が凄《すご》いし、どこか人に見られないところに行こっか……」

「え、人に見られないようなところでなにするんですか……♡」

「なんでそういちいち疚《やま》しい曲解するかなッ！」

とにかく舞原さんを連れてこのクラスから逃げることにした。とは言え、本当に人気《ひとけ》のない場所に逃げると却《かえ》って誤解されかねないので、程々に人の少ない、西校舎と北校舎の間を結ぶ連絡路に舞原さんを連れてきた。あまり人が利用しない校舎同士を結ぶ道であるため、人通りも少なく、四階は天井がなく外に露出しているため、舞原さんに後で『密室に連れてかれたんです♡』みたいな変な言い方もされないはず。

「それで、舞原さん。なんか用でもあった？」

「え？　いえ、別に？」

「じゃあ、ホントに雑談しに来た的な？」

「来ちゃダメでした？」

「いや別にいいけど……毎時間来ることないじゃん。せっかく久々の学校なのに、クラスメイトとかと話さなくていいの？」

　俺が聞くと、舞原さんはピカピカと笑って答えた。

「はい！　あたし、学校に友達《ともだち》一人もいないんで！」

やっちゃったぁ。とんでもなく迂闊《うかつ》でデリカシーのない質問だったぞ今の俺。超不躾《ぶしつけ》。ていうかそんなに笑顔で言うことかな。いっそ清々《すがすが》しいなおい。

　俺は口を覆って謝る。

「ご、ごめん……今のはちょっと、良くなかったよね」

「いえ、全然。友達いないのはあたしのせいなんで」

舞原さんは、さらっと告げて振り返ると、風に目を眇《すが》めながら下に見える中庭を見下ろした。そこには談笑する生徒数人の姿が見える。

「……もしかしてこの休み時間も、だから俺に会いに来たの？」

「いや、先輩しかいないから先輩に会いに来たわけじゃないですよ。そりゃ、話せる人は先輩しかいませんけど」

舞原《まいはら》さんは手すりの縁に頬杖《ほおづえ》をついた。

「あたしは先輩と話したいから、会いに来たんです」

「舞原さん……」

俺はその素直な言葉を信じて、慎重にそこから舞原さんの気持ちを辿《たど》っていく。

「今日学校に来たのも……俺に会いに……だっけ？」

舞原さんは、ふっ、と笑った。

「先輩、自意識過剰です」

「え、ええ……」

「あはは、まあそれもありますよ、それも。でもそんな『コンビニに行きたいから行く』みたいな軽いノリで来たわけじゃないです」

舞原さんは続ける。

「そろそろ学校に来ないといい加減留年か退学って時だったんです。でも学校に行くの、すごく怖くて、不安で、その気になれなかったんですよね」

「そうなんだ……」

「はい、でも」

舞原さんは俺の方を向いて、小首を傾《かし》げて俺を覗《のぞ》き込《こ》んだ。

「――先輩に会えると思ったら、頑張れちゃった」

舞原さんはあざとい。だけど、心にもないことを言っているようには思えなくて、俺はいつも、その言葉を真《ま》っ直《す》ぐ受け止めてしまう。

舞原さんの紅《あか》く染まった頬は、〈C〉だと仮定するのにあまりに十分だった。

舞原さんの顔を見れなくて、目を逸《そ》らし、手すりの縁に顔を埋めていると、舞原さんは俺の横に擦り寄ってきた。とん、と舞原さんの温《ぬく》もりが俺の身体《からだ》の側部に触れる。

「あたしと一緒にいるの、嫌ですか？」

「い、嫌じゃないよ。ただそうやって直球で言われるとその、照れくさくて……」

「ふっ、そうですか、可愛《かわい》いですね」

……そうやってからかってくるから、本気かどうかわからなくなるんじゃん。

「じゃあ、ずっと一緒に居たいです」

「え？」

しかし舞原さんのその声音は、まるで本気のようだった。俺が窺《うかが》うつもりで舞原さんの方を見ると、舞原さんは突然パチンと手を叩《たた》く。

「ってことで先輩、今度の休み、あたしと二人だけでどこかデートに出かけませんか？

二人だけで、です♡」

「「なっ……!?」」

俺が声を漏らすと、なぜだか似たような声がどこからともなく聞こえてくる。

「……やっぱり居た。まんまと釣れたみたいですね」

「「うひゅ……」」

舞原《まいはら》さんが振り向いて言うと、渡り廊下の入口のドアから変な声が聞こえ、そこからもぞもぞと竹内《たけうち》さんと胡桃《くるみ》が出てきた。

「え、二人ともいたの⁉」

「べ、べべ、別に、莉太《りた》が鼻の下伸ばしてないか見にきただけよ。そしたらなんかシリアスな話になって入りづらい空気に……」

「……あはは」

胡桃がまごまごと申し訳なさそうな顔で事情を説明して、竹内さんも釣られて苦々しく笑った。

「柚璃《ゆずり》ちゃんは私に付いてきてくれただけ」

「そう、なんだ……」

やっぱり竹内さんは、俺が女子といることに対しては自発的な行動が無いな。

「そ、それより！　えっと、舞原楓《かえで》だっけ？　友達《ともだち》いないんなら莉太じゃなくて私達《たち》とも仲良くしなさいよ。同じ女子なんだから」

胡桃は腕を組んでそう言った。胡桃のこういうところ、やっぱ好きだな、俺。面倒見《めんどうみ》が良《い》いというか、普段ツンとしててもこういう時は庇《かば》ってくれるんだよね。

「えー……仲良く～……？」

「露骨に嫌そうにすんな！」

肩を落とす舞原さん。ツッコむ胡桃。依然、愛想笑いの竹内さん。……待てよ。

三人全員、クラスは違えど学校に揃《そろ》った。しかもこうして面識を持たせられた。このチャンス、逃してはならないのではないか？

「く、胡桃の言う通りだよ。別に俺と仲良くするのもいいけど、せっかく仲良くできる人が他にもいるんだし、なにも突き放す必要は無いんじゃないかな」

「この人の仲良くしようはそういう意味ではないと思いますけど。まあ、先輩が言うならしょうがないです。友達になってあげますよ、お二人さん」

「それがボッチのセリフ……？」

胡桃は半分呆《あき》れつつ、しかし腰に手を当てて言う。

「でもそうね、せっかく友達になるんだもん。まずは二人とか言わずに、私達も混ぜなさいよ。その遊びってのに」

「80―54―78……」


舞原《まいはら》さんが学校に来た日、流れるように四人でのたこ焼きパーティー、略してタコパの開催が決まった。

それから二日後の水曜日。看護師の母は夜勤、営業職の父は出張という絶好のタイミングで俺の家に三人が集まることになった。恵麻《えま》はいるけど。

なんてこった……美少女を三人も家に招くことになるなんて……。

いーやこれはチャンスだぞ俺よ。この機会を存分に活《い》かして、いっそ今日のうちに結婚まで済ませるべきだ。無理だ。

とにかく、ちょっとでも怪しい動きがあれば徹底マーク。これくらいはやろう。

集合は午後五時半。しかし、五時丁度にうちの家のインターホンが鳴った。

「バフッ！　バフッ！」

「ほら、吠《ほ》えないよ！　めっ！」

インターホンの音に警戒するメグは恵麻が叱り、インターホンは俺が出る。

「はーい？」

『私、胡桃《くるみ》』

「あ、うん。今開ける」

玄関扉を開けると、胡桃がいつものエコバッグを持って立っていた。私服姿の胡桃。白のTシャツにベージュのニットカーディガン。下は黒のショーパンだ。……なんでこの家の距離でオシャレしてきたんだろう。怪しい、脳内メモに書いておこう。

「……よっ」

「いらっしゃい。……時間より早くない？」

「え？　あぁ、えと……ほ、ほら私は料理の準備があるから」

「あぁ、そっか……まあ上がってよ」

「あ、うん……お邪魔します」

うん、俺のことが好きだから一分でも早く的なあれだな、これ。これもメモ。

胡桃が入ってくるなり、メグがはしゃいで胡桃の足元に駆け出す。

「やーんメグちゃーん♪　こんにちは～♪」

胡桃はすぐにメグを抱き上げた。相変わらずメグの前では普段とのギャップがえぐい。

胡桃がいつもこんな感じなら平和なのにな。

「胡桃ちゃんいらっしゃい！」

「恵麻ちゃん！　ごめんね、急に！」

「ううん！　私も楽しみにしてたから！　早速作る？　準備手伝うよ！」

「ううん、気にしないで！　すぐできるしゆっくりしてて！」

ピロピロピロ……。

「え……まだ全然時間じゃないけどな……」

このタイミングでまたインターホンが鳴った。家の前ではなく、ロビーのオートロックの方の音だ。

「バフッ！　バフッ！」

「こら！　メグ！」

「へへへ～、吠《ほ》えてるメグたんも可愛《かわい》いね～」

胡桃《くるみ》の胸の中で吠えるメグ。メグは相変わらず吠えないことを学ばない。それはさておき、インターホンのモニターには見覚えのある顔が映っている。

胡桃はメグを下ろしてキッチンに入り、俺はインターホンに出た。

「は、はい！　田中《たなか》です！」

画面の向こうでそわそわと辺りを見渡していたのは竹内《たけうち》さんだ。俺の声にビクッと肩を震わせて、その場でわたわたしながら応答してくれた。

『た、竹内でしゅ！』

「た、竹内さん！　今開けるね！」

『ひゃい！』

ほどなくして竹内さんが家に到着した。竹内さんも私服姿だ。

白のワンピースにブラウンのニットベストを合わせた秋コーデ。竹内さんらしいふわふわした装いがよく似合っている。

「い、いらっしゃい！」

「お、お邪魔します……！」

「今日ありがとね、来てくれて」

「こ、こちらこそお招きいただき……」

「ちょっと早かったね」

「お、遅れるわけにはいかないと思って！　あ、ごめん迷惑だった？」

「ううん、全然！」

はい、俺のことが好きだから一分でも早く的なあれね。メモ。

居間に案内すると、メグを抱えた恵麻《えま》が「初めまして！」と竹内さんを出迎えた。

「い、妹さんですか？」

「はい！　莉太《りた》の妹の恵麻です！　こっちはポメチワのメグ！　竹内さん、ですよね！　兄と胡桃ちゃんから聞いてます！　いつも兄がお世話になっております！」

「い、いえいえ、ご丁寧にどうも……！　おぉ、ワンちゃん……！　な、撫《な》でてもいいですか！」

「はい！　ぜひ！」

竹内《たけうち》さんは「おぉ～……」と、とても感心しながらメグのもふもふを堪能《たんのう》していた。可愛《かわい》い。

胡桃《くるみ》もキッチンで作業しながら竹内さんに挨拶する。

「柚璃《ゆずり》ちゃん、お疲れ～！」

「あ、胡桃ちゃん！　やっほ！　準備？　手伝おうか？」

「ううん、大丈夫！　ゆっくりしてて！」

そしてほんの数分後。

ピロピロピロ……。

「バフッ！　バフバフッ！」

「こらメグ！」

メグが鳴くのも本日三回目。舞原《まいはら》さんも早いな……。

『先輩のオキニの後輩、舞原です♪』

自分で言っちゃった。

「あ、うん……上がって……」

『ありがとうございます♪』

舞原さんも当然私服姿。カラシ色のニットにデニムのオーバーサイズジャケット。それとセットアップっぽいデニムのスカートを穿《は》いている。良きかなぁ。

「舞原さん、早いね……」

「すみません、迷惑でしたか？」

「あ、大丈夫。ていうか既に……」

そして舞原さんは、うちのリビングに上がるなり、なぜかげんなりする。

「なんでみんないるの……せっかく早く来たのにあたしが最後だなんて……」

「舞原さん、お久しぶりです！」

「げ、恵麻《えま》ちゃん……」

舞原さんは、恵麻の登場に若干顔を引《ひ》き攣《つ》らせる。いつか言ったようにバイトメンバーは時々顔を覗《のぞ》かせる恵麻と少しだけ面識がある。舞原さんいわく、色々自分より強者そうだから恵麻は苦手とのこと。

「今日は楽しんでってくださいね！」

「お、お手柔らかに」

予定より早く全員揃《そろ》ったな。あれか。きっと舞原さんも俺のことが好きで一分でも早く的なわけないよねぇ！　三人続くわけないよねぇ！

わからんよ。わからんよもう。なんでいっつもこういうことがもれなく全員に起こるんだ。比較のしようがないじゃないか。ああもうダメだ。こういうの一個一個拾ってくのはキリがなさそうだ。ホントに怪しいことだけ気にするようにしよう。

とまあ、なにはともあれ、役者は揃《そろ》った。

さて、吉と出るか凶と出るか、鬼が出るか蛇が出るか……。

み、見極めてやる……！

◇

うちのたこ焼き器を前にして竹串を構え、天かすとネギとたこの入った、ジリジリ焼けていくたこ焼きのネタをじっと見つめて、固唾《かたず》を飲んだ。

……今日こそ誰が〈C〉なのか見極める。絶対見極めるぞ。

「まだしばらく固まんないわよ？」

「あ、はい……」

胡桃《くるみ》に胡乱《うろん》そうに指摘された。じっとしていられなくてつい早くにたこ焼きをひっくり返す準備をしてしまった。

恵麻《えま》や竹内《たけうち》さんと同じく舞原《まいはら》さんもたこ焼きの下準備を手伝うと名乗り出てくれたものの、台所が大人数でごった返すのもなんだからと、結局胡桃がたこを切ったりネタを作ったり、全部してくれた。しかもおまけに、俺達《たち》の地元である明石市《あかしし》ならではの、明石焼き用の出汁《だし》まで作ってくれた。ソースに飽きたら出汁に浸して食べるも良しというわけだ。

ちなみに、胡桃が色々用意してくれている間、暇を持て余した俺達はメグとひたすら戯れていた。

「ダメ、これメグのじゃないよー。メグもう食べたでしょー」

「……ぐふっ」

五人で座るダイニングテーブルの俺の席の下で、匂いにつられたメグがじっと俺のことを見つめていたのだが、そう言うと拗《す》ねてのそのそゲージに帰っていった。

ちなみに席順は、俺と舞原さん、向かいに胡桃と竹内さん、即席の主役席に恵麻が座っている。

「あ、そうだ竹内さん。俺、オレンジジュース買ったんだけど、持ってこようか？」

「え！　そうなの！」

「うん、竹内さんいつもオレンジジュース飲んでるし、好きなのかと思って帰りに買ったんだ」

「ありがとう！」

俺は冷蔵庫からコンビニの果汁百パーセントのオレンジジュースを持ってきて、紙コップに注いであげる。

「いいなぁ……」

唇を尖《とが》らせてそう言う舞原さん。それならと俺は紙コップをもう一個手に取った。

「舞原《まいはら》さんも飲む？」

「あ、あぁ……そっちじゃなくて。大丈夫ですよ。あたしはこのお茶で」

俺が首を傾《かし》げると、恵麻《えま》がくすっと笑い、舞原さんが恥ずかしそうにしていた。やっぱり恵麻に弱いんだ、舞原さん……。

「それにしてもびっくりだなぁ。田中《たなか》くんに妹さんいるってのは聞いてたけど、こんなに可愛《かわい》い子だったとは！」

「いえいえ、そんな」

竹内《たけうち》さんの褒詞《ほめことば》に恵麻が謙遜すると、胡桃《くるみ》が「そうよねぇ」と頬杖《ほおづえ》をつく。

「ホント、莉太《りた》と兄妹だなんて信じられない……」

「え、ゆずそこまで言ってないけど……」

俺が胡桃の変わらない毒舌に苦笑いすると、胡桃はハッと急に身体《からだ》を起こす。

「やだ私ったら！　またつい莉太に思ってたこと言っちゃった……！」

「そんな猛省されたら余計冗談に聞こえなくなるよ！　あと思ってたの!?」

「ゆずはどことなく似てるような気がするけどなぁ。顔というか、雰囲気とか」

酷《ひど》い胡桃の話の傍《かたわ》らで竹内さんが言い、一方その話に舞原さんは首を傾げる。

「そうかな。あたしはむしろ性格こそ全く似てないような気がするけど」

「そうですか？　舞原さん」

「先輩は鈍感って感じするけど、恵麻ちゃんはあの……鋭そうというか……色々見抜かれそうというか……もう見抜かれてそうというか……」

恵麻は舞原さんの所感をにこにこ聞く。すると何を思ったのか舞原さんもさらりと笑い、

「いえ、なんでもないです♪」と喋《しゃべ》りを諦めた。どんだけ恵麻苦手なんだよ。今の一瞬で何を悟ったんだ。

そうこうしているうちにたこ焼きが焼き上がる。

「「「いただきます！」」」

均等に皿に取り分けたたこ焼きを、用意したソースやらマヨやら紅しょうがやら鰹節《かつおぶし》やら、それぞれお好みでトッピングして、各々食べ始める。

竹内さんは早速一つたこ焼きを口に放り込み、はふはふしながら胡桃に言う。

「おいひい！　くぅみひゃん！　おいひい！」

「わかったから、口の中の物全部飲み込んでから喋りなよ……」

胡桃は嚥下《えんげ》を促すためか、竹内さんにオレンジジュースのコップを近づける。さすがオカン属性。

そんな中、舞原さんは一個目のたこ焼きをふーふーして、何故《なぜ》か俺の方に差し出してくる。

「はい、先輩、あーん♡」

「え、いや……」

もういいよ！　どんだけあーんやるんだよこのラブコメ！

「あーーーーーーーーん♡」

「あっつ！」

しかも唇に当てられたたこ焼きは熱々だった。

「あ、すみません。美味《おい》しいですか？」

「はふ……はふ……う、うん。美味ひいよ……」

「うふ、良かった♡」

「いや私が作ったたこ焼きなんですけどぉッ！」

正面に座る胡桃《くるみ》が身を乗り出して渾身《こんしん》の勢いでツッコんだ。目の前のたこ焼きも相まって関西色強めだ。

「あ、そうだよね。ありがとう胡桃」

「ありがとうございます。山下《やました》さん♪」

「そやって二人で一緒に礼言われると却《かえ》って疎外感増すわッ！」

「いやそんなつもりは……」

「こうなったら……」

胡桃は自分の皿のたこ焼きを箸で持って、俺に突き出してくる。

「は、はい、あーん……」

「ええ!?」

「なによ！　私の作ったたこ焼きは食べられないって言うの!?」

「いや絶賛堪能《たんのう》中だけど!?　全部胡桃の作ったたこ焼きだけど!?」

「幼なじみなんだからこれくらい平気でしょ！」

「胡桃この前俺にあーんするくらいなら死んだ方がマシだって言ってたじゃん！」

「状況が状況よ！」

「たこ焼きあーんせざるを得ない状況ってなに!?」

「いいから食え！」

「あっつ！」

こうして二度もダ○ョウ倶楽部《くらぶ》のくだりをさせられた。もう唇も舌も焼け野原だ。

「竹内《たけうち》さんはお兄ちゃんにあーんしなくてもいいんですか？」

「恵麻《えま》!?」

唐突にそんなことを言い出した恵麻に、竹内さんは苦笑いする。その発破のかけ方も聞いたことあるな……。

竹内さんは一瞬戸惑いを見せてから、苦々しく笑って答えた。

「あはは……ゆずはいいかな」

それはそれですごいショック……。やっぱり竹内《たけうち》さん、〈C〉じゃないのかな。

「だって、したことあるし」

「「はいぃッ!?」」

案の定他二人が食いついた。もうてんやわんやだ。

「あんたねぇ！　許されないわよ！　バイト先の子にとどまらず柚璃《ゆずり》ちゃんにまで手を出すなんて！」

「ちょ、誤解だよ！　手を出したりなんてしてないし！」

「これに関しては山下《やました》さんの言う通りです先輩！　誠実なのが先輩のいいところなのに！女子に手を出し始めたら先輩良《い》いところ無しじゃないですか！」

「俺の良いところもっと出ないかな!?」

そして舞原《まいはら》さんは余裕そうな竹内さんを見て、少し頬《ほお》を引《ひ》き攣《つ》らせる。

「ま、まあ、あーん如《ごと》きでマウント取られても困りますけどね。あたし達《たち》は仕事でいつも、阿吽《あうん》の呼吸で死線を乗り越えてるんですから。はい先輩、あーん」

「めちゃくちゃ気にしてるじゃん……。今からでもあーんの数でマウント取ろうとし始めてるじゃん……」

「ちょ、もう莉太《りた》、私の隣来て。こっち三人で座れるから。たこ焼きなら私が食べさせてあげる」

「いやいいって……そもそも自分で食べられるし……」

「黙って従え！」

「あっつ！」

今日一番たこ焼きを食べたのは、ダントツで俺だった。

結局またもや告白の返事どころではなく、ひたすら胡桃《くるみ》と舞原さんにたこ焼きを食べさせられまくり、食事は終わった。

「もう食べられない……」

「情けないわね、男のくせに」

なんで俺が怒られてるの？

パンパンの腹の中の体積を少しでも減らそうと、「ふぅ……」と一息つく。

「この後どうする？」

胡桃がふとそう言うと、みんなシーンと静まった。

「あまり迷惑にならないうちに帰った方がいいよね」

「そんなことないですよ！　今日うち、親二人とも夜は帰らないので、時間はお気になさらず！」

竹内さんが遠慮がちに言い、恵麻《えま》がそれを引き留める。

……ナイス！

帰らないでくれとは言えないが、個人的にはここで三人に帰って欲しくはない。三人が揃《そろ》うチャンスはそうそうないので、ここは少しでも長く三人に居てもらって手がかりを探りたいところではある。

「なんなら泊まりでも！」

「それは流石《さすが》に……明日《あした》も学校だし」

恵麻《えま》の提案に胡桃《くるみ》が言うと、舞原《まいはら》さんは対照的に食いつく。

「え！　じゃああたしは明日学校サボるので、泊まります！」

「いや、絶対ダメ！　恵麻ちゃん！　この子絶対泊めちゃダメよ！」

「えー、舞原さん、私は泊まってもいいですよ？」

「……やっぱり良《い》い時間に帰りますね♪」

だからどんだけ恵麻苦手なんだよ。

「じゃあまあ、恵麻ちゃんがそこまで言うならもう少しだけ遊ぶとして、なにする？」

胡桃がそう言い、「うーん」と恵麻は唸《うな》ってから提案する。

「ラブジェンガでもします？」

「「「ラブジェンガ？」」」

◇

なんで恵麻がそんなものを持っていたのかわからないが、恵麻は部屋からラブジェンガなるものを引っ張り出してきた。どうやら新品らしい。

ラブジェンガとは、ジェンガの棒一本一本に、ちょっとエッチな罰ゲームが書いてあり、一本引っこ抜く度にその人は手にした棒に書いてある罰ゲームの指示に従わなければならないという、だいぶあれなやつだ。

恵麻がリビングのローテーブルの中心にタワーを建てて言う。

「ルールは簡単！　手にした棒の指示は絶対！　タワーを崩した人は罰ゲームです！　ちなみに棒の指示によってはこのメンバーでは厳しいものもあるので、私はその辺を上手《うま》いことやるためのジャッジに回ります！　倒した人の罰ゲームの内容は、倒した人が決定してから発表します！」

なんか恵麻すごい張り切ってない……？

「ち、ちょっと待って……三人とも、いいの？　これ、ものによっちゃ結構キツい罰ゲームが……」

「「「やろう……！」」」

「なんで……？」

恵麻に負けず劣らず、妙に鬼気迫る顔でジェンガの前で構える三人。

い、いや喜べ俺。美少女三人とラブジェンガだぞ。他に男いないし、俺としてはご褒美みたいなもんだろ。エッチな展開バンザイだぜ。

それに、指示によっては『気になる人とどうのこうの！』みたいなものもあるっぽい。これならゲーム中に〈C〉がわかるかもしれない。

俺は現状を整理する。

今一番優勢なのはやはり舞原《まいはら》さんだ。その積極的なアプローチは、〈C〉の可能性というメガネを通して見るとやはりただのからかいとは思えない。たこ焼きを食べている時も、今も、しっかり俺の横をキープしている辺りも〈C〉らしい。

次点は胡桃《くるみ》。ラウワンの日以来のここ数日の変容ぶりや、舞原さんに対する態度などは怪しい。ただその変わった態度以外は目立たず、決め手にかける。

あとは竹内《たけうち》さん。ラウワンでのあからさまな距離の縮め方に一時は最有力候補だったが、他の候補の台頭や、竹内さん自身の他の女子への消極性などが後で響き、今では一番ないように思える。今日もどこか、ラウワンの時ほどの距離の縮まりは感じられず、それどころかこの数週間で距離が開いたとすら感じる。

……ただ直感的に、竹内さんが〈C〉じゃないと言い切れない自分がいる。

以上が現状の俺の見解だ。そして、もしこのまま特に進展が見られなかった場合、俺は舞原さんに確認をすることにしようと思っている。

舞原さんを見ると、舞原さんはにこりと微笑《ほほえ》み返してくれた。ぐっ、染みる……。

そして、今から俺が徹底することは単純。少しでも長く三人に棒を引いてもらうために、タワーを絶対倒さないこと！

ジャンケンの結果、順番は竹内さん、胡桃、舞原さん、俺の順で回ってくることになった。席順も順番通り、時計回りになるようになっている。

絶対に負けられない戦い、スタート……！

「じ、じゃあいきます！」

竹内さんが早速タワーに手を伸ばす。竹内さんは上の方の端の棒を一本とった。

「よし！　えっと、なになに……？　『パンツの色を発表』……え？」

なんの手がかりにもならないただのご褒美！

「えっと、これは流石《さすが》に……」

「柚璃《ゆずり》ちゃん、引いたんだよね？」

「竹内さん、やると決めたからにはですよ」

「そうだよ。あたしは赤」

関係ないヤツも一人しれっと発表したぞ……！

「えっと……」

俺の左隣にいる竹内さんは、なぜか上目遣いで俺の方をチラチラ見ながら、ワンピースの裾を握って言った。

「……水色です」

「……爽やかだね」

へえ、メモメモ。メモすんな。

「なんで感想言ったのよ」

胡桃《くるみ》は俺にツッコむと、スタートからエンストする竹内《たけうち》さんを横目に、「じゃあ次、私行くわよ……」とタワーに手をかけ、ジェンガを抜いた。

「よし……えっと？　『ゲーム終了後、みんなの飲み物を買いに行く』……普通に嫌なやつきたんだけど」

特にコメントなし。

「じゃあ次、あたしですね♪」

舞原《まいはら》さんは上機嫌で棒を抜いた。

「『異性一人を選び、次の番まで膝枕してもらう』……ですって、先輩♡」

「ええ、いいけど……」

「えー、なにー♡　ご褒美じゃーん♡」

なんだか他二人からの視線を浴びながら、舞原さんに膝枕をしてあげる。自分の下半身に女の子の頭が……。この感覚結構まずい……。

「……い、嫌じゃないの？　俺なんかの膝枕」

「ううん、嬉《うれ》しい。先輩の膝枕」

「……そう」

「先輩、そのまま頭撫《な》でて♡」

「指示にないこと頼むな！　莉太《りた》もデレデレしてないで早く引きなさいよ！」

「あ、うん……」

胡桃に急《せ》かされ、俺は上の方のジェンガを引いた。

「えっと、『正面の人とハグをする』……この状況で!?」

なんかが膝の上にいるままですが!?

「この場合お兄ちゃんの正面は、対角にいる胡桃ちゃんになります！」

「私!?　しょ、しょうがないわね……へへへ……」

「い、いいの？　胡桃」

「そ、そりゃ嫌だもーん♪　え、もう超嫌♪　蕁麻疹《じんましん》でちゃうかもなぁ♪　なんであんたみたいな陰キャとハグなんか♪　でも命令だから♪」

「あ、嫌なら別に大丈夫だよ。胡桃ちゃん」

「え、いや、あ、その」

「はい、今のなしで。次、竹内さん！」

「ちょ、恵麻《えま》ちゃん、やるって……」

「素直になれなかった罰」

「べ、べ、別にハグしたいなんて思ってないもん！　…………………………」

胡桃《くるみ》は膨れて何故《なぜ》か俺を睨《にら》んできた。

「な、なに……」

「別に」

とにかくハグは無かったことになった。胡桃が〈C〉で、ホントはハグしたかった説も捨てがたい。メモ案件だな。そう思うと睨まれても可愛《かわい》く思えるな。

「だったらパンツの色教えないでよかったなぁ……」と呟《つぶや》きながら、竹内《たけうち》さんはピンクのジェンガを引っこ抜く。

「『スリーサイズを異性一人だけにささやく』……なんでぇ!?」

またなんの参考にもならないただのご褒美キター！

「え、恵麻ちゃん……これはさすがに……」

「え、やらないんですか？」

「…………やりましゅ」

「やらんでも……」

俺が言うが、竹内さんはまた俺のことを潤んだ瞳で見つめる。

「た、竹内さん……無理しないで……」

しかし竹内さんは首を横に振って、俺の耳に手を当てる。竹内さんの華奢《きゃしゃ》な手が、普段誰かに触れられることの無い耳に触れ、俺は不覚にも一瞬ピクリと反応してしまう。

「――80－54－78……」

「……バランス良《い》いね」

「だから感想言うな！」

相変わらず胡桃がツッコむ。メモだ。

そして膝の上から舞原《まいはら》さんが「先輩」と呼んでくる。

「あたしは85－56－80です」

「お前は言うな！」

またしても胡桃のツッコミ。俺はまたしても脳内メモ。

「全く……よし、次は私ね。あぁ、変なの来たらどうしよう」

そう言いながらジェンガを引き、ちらちら俺を見てくる胡桃。なんだよ……。

「『三週まわる間、正座』。なんで私のだけマジの罰ゲームなのよッ！」

特にコメントなし。次は舞原さんの番だ。

「さっ、先輩の膝枕タイム終了は名残惜しいですが、あたしの番ですね。……『異性全員に愛をささやく』ですって♪」

「この場合お兄ちゃんに愛をささやいてください。冗談でもいいので本気っぽく！」

「……えへ、いいですか？　先輩」

「う、うん。舞原《まいはら》さんがいいなら」

「じゃあ」

舞原さんはへなりと俺の方に擦り寄り、下から俺のことを見上げた。

「先輩、大好きです」

「うっ……」

「ずっと前から好きでした。いつもお仕事一生懸命で、困ってたら必ず助けてくれる、ドジなあたしにも優しくて、みんなに愛されてるそんな先輩が、大好きです♡　……きゃは♡」

これは、やばい……。

「はい先輩顔赤くなった〜」

「いやこれは……仕方ないでしょ……」

とはいえ他二人もいる現場。舞原さんにばかり現《うつつ》を抜かさずフェアにいかないと。

一応周りを気にしてみてみると、竹内《たけうち》さんは舞原さんのその臆面の無さに目を白黒させて驚いていた。胡桃《くるみ》も口に手を当てて引き気味に舞原さんを見ている。

「え、あんたそれ本気で言ってんの……？」

「さあ、どうでしょう？　本気っぽく言いました♡」

胡桃の質問に、舞原さんは濁して答えた。一番そこが肝心なのに！

えっと、どうなんだ？〈C〉なら本気だ。だけどそうじゃないなら適当言ってるだけ……どっち……？　妙にしっかりした内容だったような気がするけど……。

「どうしたんですか？　次、先輩の番ですよ？」

「は、はい！」

「あんた、これゲームなんだからね。真に受けないでよ」

「わかってるって……」

舞原さんの嘘《うそ》告白に動揺していると胡桃に窘《たしな》められ、俺はジェンガを引く。とにかく今はゲームに集中……。


「『正面の人にキスをする』……え」


「「「えええええええッ……!?」」」

もちろん、正面の胡桃と目が合う。

「い、いや流石《さすが》にこれは……」

「や、やるわよ……」

「嘘《うそ》でしょ⁉」

「指示は絶対よッッッ‼‼‼」

「真に受けない方がいいんじゃなかったの⁉」

なんて変わりようだ……以前の胡桃《くるみ》なら『誰がこんな奴《やつ》と！　口腐るわ！』くらい言ってもおかしくないところなのに。もはやキスしたがってるみたいだ……。

「先輩！　やらなくていいですよこんな潔癖女と！」

「あんたは黙ってなさいよ！　私のターンよ！」

俺のターンな？

竹内《たけうち》さんが細々と「さすがにやりすぎなんじゃ……？」と呟《つぶや》く。でも胡桃は止まらない。

「ほら莉太《りた》、顔近づけてよ……」

「で、でも……」

「できるでしょ？　小さい頃したじゃん。一回してたら二回も三回も変わらないわよ」

「それは二歳とか三歳とかの頃にちょっとじゃれてしただけだろ……？」

「これも遊びなんだから私は平気よ……それともあんたは嫌なの？　私とキス」

躊躇《ためら》っている間も胡桃とは目が合い続け、心臓が早鐘を打つ。胡桃の喉元がこくりと小さく動いて、ガチなんだろうという覚悟がひしひしと伝わる。

どういうこと……？　血迷ってるのは間違いないとして、好きな人意外とこんなことできるか……？　そりゃめちゃくちゃ小さい頃、胡桃にほっぺちゅーしたり、されたことくらいはあるけど、もう幼なじみだからとか通用しない年頃でしょ……？

今までずっとただの幼なじみだったのに、その壁をとうとう、こんなゲームなんかで越えることになるってのか……？

そして胡桃はテーブルに身を乗り出して俺を待つ。

俺も床に膝を立てようか迷ったその時——恵麻《えま》がストップをかける。

「あ、キスはやりすぎなので、この場合は私の頰《ほお》にキスしてもらいます！」

「ええ!?　あ、あぁ～良かったぁ！　こいつとキスせずに済んで～！」

「いやもっと早く言えよ……」

「ごめん、泳がしたくなっちゃった」

「「ホッ……」」

胡桃がやけに大袈裟《おおげさ》に声をあげ、胡桃以外の二人から吐息が漏れる。た、助かった……。

胡桃も息ついてるし、ホントに遊び半分だったのかも……？　まあこんなところでキスなんてね……え？　妹にキス？

「え、俺、恵麻にキスするの？」

「してください。ルールですので」

「ええ……」

「平気でしょ？　小さい頃いっぱいしたじゃん」

「お前もか……だから、記憶ないくらいチビの頃にね……？」

とは言え、恵麻《えま》が罰ゲームは絶対だとうるさいので、俺は恵麻が座っていたソファまで行って横に座った。まあ、妹なら別に……。

「……するよ？」

「うんっ」

……チュ。

「擽《くすぐ》ったッ！　痒《かゆ》い！」

「お前がしろって言ったんじゃん……」

「『どの道見てはいけないものを見てる気がする……』」

気を取り直して三週目。俺達《たち》兄妹の姿に頬《ほお》を染める竹内《たけうち》さんは、「ゆずの番……エッチなのは出ませんように……」と、お願いしながらジェンガを抜く。

「『初恋について一分語る』……こ、こりぇは……」

なんですとッ!?

「竹内さん、恋愛したことはありますか？」

恵麻に聞かれ、竹内さんは目を泳がせながら頷《うなず》いた。

「ではその初恋について、教えてください！」

「…………えっと……」

——竹内さん、恋、したことあるのか？

ままま、待てまて、万が一竹内さんが〈C〉だとしたら、竹内さんの恋愛遍歴によっては俺を好きになった経緯を聞けるのではないか……!?

「……その人、すごく優しくて」

自然とみんなが息を飲んでいた。

「いつも誰かが困ってたら助けてあげるんです。お腹《なか》を空《す》かせている人がいたら顔をちぎってそれをあげたり、悪いバイキンをやっつけて、愛と勇気だけが友達《ともだち》で……」

「それは、ア○パンマンですか？」

「……はい」

ア○ネーターかな？　ていうか一瞬でもア○パンマンの特徴を自分の物だと思った自分を殴りたい。

恵麻が食い気味で話を止めると、竹内さんは白状した。なんだ、ア○パンマンのことだったのか……。あれ、ってことは、竹内さんの初恋は誤魔化《ごまか》すほどここで言えないようなことだってことかな。それともア○パンマンガチ恋勢だったのかな。

「よ、よし、次！　私の番！」

なんだか始めた時より張り切っている胡桃《くるみ》。

「えっとなに？　『関西人風になんでやねん！　と言う』。なんでやねんッッッ！」

妙に迫真ななんでやねんを披露した胡桃《くるみ》の番、二秒で終了。

「はーい、次はあたし。えーっと？　『好きな異性のタイプを発表する』……えー、気になります？♡」

「なんで俺に聞くの？」

舞原《まいはら》さんは頼んでもいないのにやたらと俺に向かってタイプを語りだす。

「そうですねぇ。あたしは結構、内面が良《い》い人に惹《ひ》かれますね。優しいとか、頼りになるとか？　相手の見た目に要望があるタイプではないです」

なるほど、確信まではいかないが、顔がブスでもいいならギリギリ俺も入っていそうだ。メモ。……いや、今の特徴だとこれもア○パンマンかもな。見た目パンでもいいってことになるし。

「次、俺か。えーっと『ひとり一つ、Hなワードを言う』……あ、ごめん」

「あんた、なんてことしてくれんのよ……」

「では、竹内《たけうち》さんから順番に時計回りで、自分の思うエッチなワードを言っていってください！　さくっと行きましょう！」

「ゆずから!?　そのテンポ感で!?」

「行きますよ～？　せーの！」

「え!?　お、おちんちん！」

「おっぱい……」

「セックス」

「キス……」

……全員が顔を見合せた。胡桃のおっぱいは安牌《あんぱい》だろう。キスと言った俺は逃げに走ってて少し寒いが、ダメージは少ない。舞原さんはモロに言っているが、全く恥じらいがない分強者感がある。この場合一番恥ずかしいのって、恥ずかしそうに異性の局部の名を叫んだ竹内さんではないだろうか。俺、竹内さんから『おちんちん』ってワード聞くと思わなかったよ。

「……ゆじゅ、いっきまーしゅ……」

色々させられてもうボロボロの竹内さんは、でもめげずにさっきのテンポ感を継続してジェンガを引く。

「『全員に頭を撫《な》でられりゅ』……やったぁ！」

今までよく頑張ったね、竹内さん……。

三人が竹内さんの頭を撫でて、胡桃の番。

「よし、今度こそ……」

お前もう狙いにいってんじゃん。

「『外国人風に lucky と言う』。フゥ♪　ラッキー♪　ラッキーちゃうわッッッ！」

迫真のノリツッコミが炸裂《さくれつ》した。お前、面白いよ。

そして、

「もうやってられるかこんなゲームッ！」

ガシャーン！

「「「あ、あーあ……」」」

我慢ならなかった胡桃《くるみ》がジェンガを崩壊させた。ここまでか……。でも、少し参考になることはあったかもな。

「ということで、罰ゲームは胡桃ちゃんでーす！」

「恵麻《えま》ちゃん！　なんでもいいよ……！　どんと！　どんとこい！」

もう欲しがってます……？　芸人の鏡じゃん……。

そして恵麻は、胡桃に罰ゲームを宣告する。

「そうだねぇ。じゃあ胡桃ちゃんの罰ゲームは、私の頬《ほお》にキスすることです！」

なんだ。俺がさっきやったやつじゃん。別に大したことないな。

しかし、女子三人はなんだか頬を赤らめている。

「い、いいの……？」

「うん、罰ゲームだし、してね」

「う、うん……」

胡桃は恵麻のそばまでいくと、首から顔を真っ赤にして、薄く目を閉じる。恵麻もニヤニヤしながら、目を閉じた。

ふちゅう……。

胡桃は少し長めに恵麻の頬にキスをした。……なんでこんな生々しいんだ？

そしてそれを、まるでいけないものでも見ているかのように手で口を覆って見つめる竹《たけ》内《うち》さんと舞原《まいはら》さん。

胡桃は恵麻の頬から唇を離すと、何故《なぜ》か恥ずかしそうに俺の方を見て自分の唇を舐《な》めた。

……な、なに⁉

それぞれが色々なものを犠牲にしながら、なにはともあれ、俺は多少三人についての深いところを知ることができたのであった。


さて、告白を受けて数週間が経《た》った現在。少しずつ三人と距離を詰めつつあった俺。

これから近いうち、この三人の中の誰かが俺の彼女になるのだろうとこの時の俺はそう思っていた。

しかし今後、俺とこの三人のヒロインの関係は、さらに迷宮入りしていくことになるのだが——この時の俺はまだ、知る由《よし》もない。

Character

YOU GUYS SHOULD GET MARRIED SOON!
I have three girls who have been told so.

Name

舞《まい》原《はら》楓《かえで》

Profile

[誕生日]11月22日
[血液型]AB型
[性格]あざとい　頑張り屋　自由奔放
[趣味]恋愛ドラマ　K－POP
バイト中に莉太をからかうこと

Name

田《た》中《なか》莉《り》太《た》

Profile

[誕生日]4月10日
[血液型]O型
[性格]現実主義　心配性　オタク気質
[趣味]アニメ　漫画　ラノベ

「──小説……？」

◇ 竹内柚璃《たけうちゆずり》 ◇

ラブジェンガ後、午後七時過ぎ。なんとなく空気が盛り上がったので、九時解散を目処《めど》に、このままテレビゲームをする流れになった。

「田中《たなか》くん、お手洗い借りてもいいかな……？」

「あ、うん！　廊下の右手にあるよ！」

「ごめんね、ありがとう」

莉太《りた》がテレビゲームの準備をする中、一旦離脱する柚璃はリビングの扉を抜けて廊下へ。するとそこに、トイレの真正面に位置する明かりがついたままの部屋が。

まず目に入ったのは、大きな本棚だ。漫画の単行本や、小説らしき文庫本のカラフルな背表紙がずらりと並んでいる。

「……もしかして、田中くんの部屋かな」

そう過《よぎ》った瞬間。

ブー、ブー、ブー。

突然のバイブ音にドキッと背筋を伸ばす柚璃。どうやら莉太の机の上に置いてあったスマホが鳴っているようだった。莉太は現代っ子には珍しく、あまりスマホに依存していないタイプの人間なのだ。

鳴り続けているあたり、電話の可能性がある。莉太に教えた方がいいのではないかと、柚璃はスマホを手に取ろうと部屋に侵入。しかし、そのタイミングでスマホは鳴り止《な》んだ。

通知画面には、『母　LINE　不在着信』と表示されている。しかし柚璃にはもう一つ気になる点が。

柚璃が目にしたのは、メールの通知。

『一人があなたの小説、「モブの俺が青春ラブコメに巻き込まれてしまった件」を評価しました。』

おまけ

「竹内さんってこんな子」

「ゆずりん～」

「ん～？」

柚璃《ゆずり》の友人である千代《ちよ》が休み時間に柚璃の机に向かうと、柚璃はいつもの如《ごと》くピンク色のリュックサックのポケットからポッキーのいちご味を取り出し、食べていた。

「また食べてる！」

「ふぇ？」

柚璃は休み時間の度に何かしらお菓子を頬張《ほおば》っている。大体チョコレート系統の甘い物が多く、また形状は棒状のものが多い。その細長い何かしらを彼女が先っぽからポリポリと食べ進めていく姿はクラスメイトに取ってはもはや日常であり、そして癒《いや》しなのだ。

あまりの愛《いと》おしい姿に、千代は思わず柚璃を後ろから抱きしめる。

「ポッキー食べてるだけで可愛《かわい》いとか……せこい……」

「千代ちゃんもポッキー食べる？」

柚璃は千代もポッキーを食べたいのだとズレた解釈をして、動物にエサをやるみたいにポッキーを背に張り付いている千代の口元に近づけた。

「私が食べてても誰もなんとも思わないって」

そう言いながらも千代は、柚璃に差し出されたポッキーの先端を咥《くわ》えて受け取る。

千代はこの学校で、柚璃の一番の友達《ともだち》。

柚璃と千代は高校からの間柄だ。歴で言えばたった半年ではあるものの、その時間の短さを感じさせないほどの親密さで、今やクラスきっての仲良しコンビである。

「ゆずりん、六限のさ、コミュ英のプリントやった？」

「やったよ～」

「ホント!?　見せて！」

「え～、まあいいけど……」

柚璃はそう言ってポッキーを咥えたまま机の中から英語のプリントを取り出す。柚璃は真面目《まじめ》。宿題や課題等の提出期限は絶対に守るし、忘れた試《ためし》がない。いわゆる夏休みの宿題を八月になるまでに終わらせるタイプの人間だ。

「ゆずの答え丸写ししないでね……」

「大丈夫、大丈夫！　適当に変えとくって！　ホント、こういう先生の作ったプリントの宿題ってワークと違って答え貰《もら》えないから厄介なんだよね」

「普通は答えを見ずにちゃんと自分でやるんだよ！」

「はいはい、ごめんごめん……じゃ、次の休み時間に返すね」

「……わかった」

優等生たる柚璃《ゆずり》に諫《いさ》められ、耳が痛くなった千代《ちよ》はプリントを持って退散。

◇

そして次の日。

千代はというと、焦《あせ》っていた。

「(ミスった。終わらせることばっかりに気を取られて、結局ゆずりんのプリントの答え丸写しで提出してもうた)」

だが気づいたところで後の祭り。プリントは昨日の六限に提出し、今日の三限はそのプリントの返却日。

「(やっぱ~……間違ってるところ全部一緒とか、気づかれたら普通に説教だよね……しかも、私だけならまだしもゆずりんも一緒に……)」

いつもは早く終わって欲しいと思う学校だが、今日ばかりは三限まで時間が進まないで欲しいと願う。そして今日に限って時の流れが早く、あっという間に問題の三限。

「金川《かながわ》」

「は、はい……!」

出席番号順にプリントが返されて行く中、ついに千代の番。自然と声は裏返り、先生のいる教卓に向う足がわなわなと震える。

「お前――」

「うっ……」

先生の胡乱《うろん》げな目に怯《おび》え、我知らず目を逸《そ》らす。しかし先生から告げられた疑いは、意外なものだった。

「勉強したな？」

「えっ……」

千代は一瞬呆《ほう》けて先生の顔を見ると、先生は口の端を上げていた。思いがけないポジティブな先生の反応を訝《いぶか》しがりながらも、千代は先生に差し出された自分のプリントを受け取った。

全問正解。

百点満点のはなまるだった。もちろんこれは千代の成果ではない。柚璃の答えを写したプリントが満点で返ってきたのだ。

「なんだ、自分でも信じられないか？」

「あ、えっとー。いえ、勉強しましたので」

嘘《うそ》である。

しかしなにはともあれ怒られずに済んだのだ。

怒られるだろうとビクビクしていた肩は鎧《よろい》を脱いだか、はたまた重荷を下ろしたように一気に軽くなり、もやもやしていた心はさっぱり晴れ渡る。千代《ちよ》はさっきまで青ざめていた表情をころっとかえて、笑顔ルンルンで席へ戻る。

「竹内《たけうち》」

「ひゃい」

一方の柚璃《ゆずり》。彼女はなんでもないのに素で声が裏返っているだけである。

「お前はいつも偉いな。ちゃんと勉強している証拠だな」

「あり！　ありゃとーじゃいます！」

ありがとうございますと言いたいんだろうが、噛《か》み噛《か》みだった。重度のあがり症である。

そして、

「田中《たなか》」

「は、はい」

「……」

「…………」

莉太《りた》は何とも言えない顔をして答案用紙を見つめていた。先生もなんだかそれをやるせなさそうに見ている。

なんだあれ……と、少しの間だけ莉太の様子を見届けた後、その傍《かたわ》らで、千代は○塗《まみ》れの答案用紙を眺める。

「(ゆずりん……天才すぎる……)」

今回の英語のプリントはクラスの間で難しすぎたと軽く話題になったほど、大人気ない作りだったはずなのだ。しかも、先生が『解けたらすごい』と事前に銘打った難問もあった。

しかし、柚璃の回答は全問正解。普段アホ面《づら》で棒菓子を貪っている彼女からは想像もつかないほどの才だ。

「(良かったぁ……ゆずりんが一問も間違えなかったお陰でバレずにすんだ……)」

しかし悩み解消の幸福感も束《つか》の間《ま》、今度は別の不安に苛《さいな》まれる。

このプリントは千代の英語の成績に、間違いなくプラスに働くだろう。だがそれが問題なのだ。

まったく自分の力ではない、完全なる柚璃の手柄で良成績が確保されただけだ。

柚璃は自分の力で満点を取った、それと同じ功績を、なにも努力をしていない人間が利用するなんて、いくら友達《ともだち》という間柄であるとしても、行っていい範疇《はんちゅう》をとうに超えている。

「(ゆずりんの答えパクって成績上がるのは流石《さすが》にちょっと罪悪感が……休み時間に謝ろ……)」

千代《ちよ》は自分の満点のプリントを、戒めるように表を中にして二つ折りにした。

◇

そして次の休み時間。

「ゆず——」

「田中《たなか》くん！」

「た、竹内《たけうち》さん……！」

千代が声を掛けようとするより早く、柚璃《ゆずり》は一目散に莉太《りた》の席へと走った。

柚璃は心底上機嫌で莉太の机に飛びついて、前のめりに「ねーねえ！」と話しかける。

かたや莉太は、どうしてよいかわからないといった具合で目を白黒させ、頬《ほお》を赤らめる。

明らかに女子に話しかけられていない、否、他者と関わり慣れていない人間の反応である。

早く謝りたいところではあるが、しかし柚璃の気持ちを知る千代としては、柚璃のこの時間を邪魔はできない。千代は若干微笑《ほほえ》ましく思いながら、小動物の生態系を観察するみたいに二人の様子を見守る。

「さっきのプリント難しかったよねー！　田中くん何点だったー？」

「え、俺は……えっと……15点……」

「(頭悪ッ……)」

千代は額に汗を垂らす。もちろん難しいプリントではあったし、先般の件があるので千代にプリントの点についてとやかく言う資格はないが、にしても頭が悪い。

だけど柚璃は、そんな莉太を前に頬を染め、さらにまた前のめりに言う。

「すご！　合ってたところあったんだ！　難しかったのに！」

「(お前満点じゃん……)」

しかし柚璃は本当のことは言わず、「見せて！」と答案用紙を見せるように莉太に言う。

莉太は「いいけど……恥ずかしいな……」と、おずおずプリントを机に出す。

「すごい！　ここよく分かったね！　ゆずすっごい考えたところだ！」

「そうなの……？　俺はむしろここくらいしかわからなかったんだけど」

「(いやゆずりん、さすがに無理あるって……)」

当然だ。莉太《りた》が正解していることは、莉太レベルでもわかる簡単な問題だという
ことだ。

しかし莉太はそんなことは露知らず、褒められて照れている様子だった。まさに純粋な
二人のやり取り。千代《ちよ》はクスクスと笑みを漏らす。

「あ、竹内《たけうち》さんは何点だったの？」

「ゆ、ゆず？」

莉太の問い返しに、柚璃《ゆずり》は突として当惑の色を見せる。

「…………ゆ、ゆずは全然だよ～」

「（声ちっさ）」

一体どこまで誤魔化《ごまか》すつもりなのか逆に面白くなってきた。

露知らず、空気の読めない莉太は、柚璃の後ろめたさに容赦せず続ける。

「そうなの？　でも絶対俺よりは良《い》いでしょ」

「……！　えっ……と……」

言えるわけがない。満点だったなんて。

さあどうする。莉太のプライドを傷つけないための計らいが超裏目に。その厚意が今、
却《かえ》って莉太のプライドをズタボロにせんとしている。

千代は柚璃がどう乗り切るつもりなのかにワクワクしていたのだが、しかし、おたおた

と慌てる柚璃に莉太は優しく微笑《ほほえ》みかけた。

「あ、言わなくていいよ別に！」

「え？」

「ごめん、そういう点数とかプライバシーに関わるもんね。でもなんとなく点数が良いのはわかってるから」

「え、なんでそう思うの……？」

「だって竹内さん、先生に褒められてたでしょ？　『偉いな』ってさ」

「それは……」

莉太は自分の答案用紙に目を落とす。

「俺もそれなりに勉強して挑んだんだけどこのザマだからさ、きっと竹内さんは人の何倍も真面目《まじめ》に勉強に取り組んでるんだろうね。先生もきっとそれをわかって褒めたんだよ。今回のプリント、勉強しないと解けないように難しく作ったって先生自身が言ってたし」

「い、いや、別に……」

「それでも先生をあんな風に言わせちゃうんだもん。やっぱ竹内さんはすごいね！」

千代は少し、呆気《あっけ》にとられていた。

千代《ちよ》は柚璃《ゆずり》の満点の事実を知って、彼女の優れた才能にばかりに目を向けていた。

でも莉太《りた》は違う。

成果ではなく、柚璃が先生に褒められている姿や、良《い》い点数を取るに至った過程こそをすごいと褒めたのだ。

つまり、誰もが比較し競うステータスではなく、人間性を見ている。

そして千代は思う。

なんとなく自分も絆《ほだ》された気がしたのは、なぜだろう。

答えの見つからない疑問を頭から払って、千代は肝心の柚璃の反応を窺《うかが》う。

そして、莉太の言葉に対し、それを受けた柚璃は。

「……にゃは、にゃははは」

「(猫みたいになっとる)」

柚璃はしぱしぱと頭に手をやりながら目を泳がせ、「しょんにゃことにゃいにゃい……」と、多分『そんなことないない』と、謙遜する。

形勢逆転。莉太はさっきまで自分がされていたように前のめりに、ガッツポーズなんて作ってまで柚璃を褒める。

「いやすごいことだよ！　俺人生で先生に褒められたことないし！　それに普通、わざわざ点数のいい子一人ひとりに褒めて回ったり先生はしないでしょ？　竹内《たけうち》さんが褒められるってことは、点数以外にそれだけ褒められる素養があるってことだと俺は思う！」

捲《まく》し立てる莉太。柚璃はというと、

「にゃにゃ……にゃ～……？　にゃはは……うぇ～、うにゃにゃ～……」

そしてそれを見た莉太は冷静になって小首を捻《ひね》る。

「…………にゃ？」

「(田中《たなか》くんも困惑してんぞ)」

さすがにこれ以上はボロが出るだろう。ていうか今まさにボロが出ている。

見るに見兼ねた千代は、莉太の席まで歩いて柚璃の腕を取る。

「あ、田中くんごめんねー。ちょっとゆずりんに用があって……借りてっていい？」

「え？　あ、はい！　お構いなく！」

「ありがとー。じゃ、そゆことで～。ほら、ゆずりん行くよ」

「にゃ～？　にゃはは～……」

とりあえず他の人に満点の話を聞かれてもなんなので、千代は柚璃と手を繋《つな》いで教室から連れ出し、トイレの方へ歩く。

さて、柚璃《ゆずり》と二人になった今自分がすべきことは、彼女を正気に戻すことでも、彼女を彼から遠ざけることでもない。

「……ねえ、ゆずりん」

謝らねば。宿題の事を。

さっきまで和やかだった千代《ちよ》の心は、しかし、柚璃を前に引き締まる。

「……ごめんね、ゆずりん。実は私、ゆずりんのプリントの答え丸写ししちゃって、そのまま提出しちゃったんだ……」

友達《ともだち》として、否、親友として申し訳ないと思った。彼女の手柄をそのまま自分のものにしてしまうことも、彼女の努力を才能だと括《くく》って、意図せずにしたって突き放してしまったことも。

「そのおかげで私まで満点取っちゃって……ホントにごめん、ゆずりんが頑張った成果なのに、自分の物みたいに……」

言いたいことは言った。やはり怒っているのか、柚璃からの返事がない。少し予想外だったが、本来ならば怒らせていてもしょうがない。むしろ、許してもらえると思っていた自分が甘いのだと、また自責の念が襲う。

でも、諦めてはいけない。

これからも友達でいるために。

千代は意を決し、恐る恐る柚璃の方を見やる。

「……あの、ゆずりん？」

柚璃は、

「うにゃ～……えへへぇ……」

そもそもなにも聞いていなかった。

◇

結局、数時間置いて千代が謝ると、柚璃は「別にいいよぉ。気にしないでぇ」と呆気《あっけ》なくそれを許してくれた。

柚璃は細かいことはあまり気にならないタイプ。

容姿端麗、成績優秀、でもどこか抜けていて、愛嬌《あいきょう》があって、皆から好かれる竹内《たけうち》柚璃。

千代はそんな柚璃が大好きだった。

そしてそんな柚璃だからこそ、クラスの人気者に成り得たのだろう。

「(でも、じゃあ)」

そんな彼女に好かれているだなんて、じゃあああの田中莉太《たなかりた》などというどこにでもいるようなあの男は、

「幸せ者だなぁ」

千代《ちよ》は独り言《ご》ちるのであった。

「ゆず？　うんゆず幸せだよ～」

「あんたじゃなくて……いやあんたもだけど」

——いやだから早く結婚しろよマジで……。

◇

一方こちらは、自動販売機にてお茶を購入中の莉太。

「ヘッッッックション！　ぷりゃっしゃ～い～…………誰か俺の噂《うわさ》してんのかな。いや、俺の噂する人いないでしょ～て。……で、これもこれで誰にツッコんでんだか……」

莉太はくしゃみに謎の余韻があるタイプ。

あとがき

初めましての方は初めまして。優汰《ゆうた》です。

まずは担当編集様、イラスト担当のまるろ様、推薦コメントをいただきました七菜《なな》なな先生、同じく佐伯《さえき》さん先生に心より感謝申し上げます。

さて、人間には主観と客観という概念が存在しますよね。例えば、自分の中では自分のことをイケメンだと思っていても、他の人から見たらそうでもないみたいな事があるわけです。この世界は自分が見ている物や価値観が全てではないのです。

ただ、自分では『自分なんて……』と思っていても、周りは別になんとも思ってないケースもあります。要は自分の考えていることなんてのは大層ちっぽけだってことです。皆様も『自分はこう思う』という狭い世界の殻を破り、『誰かがどう思っているか』に触れてみてはいかがでしょうか。きっと自分の知らない世界があなたを待っているはずです。

って、友達の母のいとこのはとこのひょっとこが言ってました。

すみません。マジメな話をしすぎると恥ずかしくなって、反動でどうしてもふざけてしまう癖があります。あー直さないと。まあ、僕が主観的にそう思ってるだけで、きっと客観的に見ればさしたる問題ではないですよね。

では、次巻か、次回作か、またどこかでお会いしましょう。

MF文庫J

お前ら早く結婚しろよっ！1
そう言われてる女子が3人いるんですけど？

2025年 3月 25日　初版発行

著者	優汰
発行者	山下直久
発行	株式会社 KADOKAWA 〒102-8177 東京都千代田区富士見 2-13-3 0570-002-301（ナビダイヤル）
印刷	株式会社広済堂ネクスト
製本	株式会社広済堂ネクスト

Printed in Japan　ISBN 978-4-04-684640-2 C0193

◇◇◇

【 ファンレター、作品のご感想をお待ちしています 】
〒102-0071 東京都千代田区富士見2-13-12
株式会社KADOKAWA　MF文庫J編集部気付「優汰先生」係「まるろ先生」係

MF文庫J